このまま続けられると、
自分の身体がどうにもないところまで追い詰められそうで怖かった。
「も……離せ……！　たっぷり……、ブラは堪能しただろ……！」

Illustration／TSUBASA MYOHJIN

プラチナ文庫

飛鳥沢総帥のタブー

バーバラ片桐

"Asukazawasousui no Taboo"
presented by Barbara Katagiri

プランタン出版

イラスト／明神　翼

目次

※本作品の内容はすべてフィクションです。

「明日は、アレを準備しておけ」

飛鳥沢《あすかざわ》雅庸《まさつね》は、高圧的に執事に命じた。

高い鼻梁《びりょう》に、まっすぐ伸びた凜々《りり》しい眉《まゆ》。その下にある切れ長の鋭い瞳は、涼しげというよりも冷ややかな印象を相手に与えることが多い。執事以外には誰にも心を許すことがないのは、二十二歳のときから十年間、飛鳥沢グループの総帥という重責があるためだ。

雅庸の最高級スーツの下には、肩幅と上背のある引き締まった身体があった。

かすかにウェーブのかかった黒髪に、爪《つめ》の先まで磨き抜かれた隙《すき》のない身だしなみ。生まれの高貴さと、東大《とうだい》首席卒業というインテリっぽさを漂わせた、巨大グループの総帥だ。

いかにも近づきがたい雰囲気をその身にまとってはいたが、この総帥を色香によって誘惑しようと考える美貌《びぼう》の女性も少なからずいた。だが、それら全ての誘いをはねのけ、いまだ独り身を保っている。

その雅庸と執事がいるのは、飛鳥沢グループの総帥邸だ。

都内屈指の高級住宅地に広大な敷地を擁するこの建物は、地上二階に地下二階、パーティ用の別棟までついた大邸宅だが、派手なことを好まない雅庸は、ここで何かを催したことはない。建物は高い塀と、飛鳥沢警備による最先端のセキュリティで守られ、中で働く人員さえも最低限に保たれていた。

何もかも幼いころから自分でできるように訓練されてきたから、身近に置くのは忠義一筋の執事だけだ。

「かしこまりました」

執事が出て行くと、雅庸は軽く息をついて腹のあたりでゆったりと指を組み合わせた。座り心地のいい椅子に、足を支えるオットマン。そこに長い足を重ねたくつろぎの体勢でいるが、心の中は穏やかではない。

明日は雅庸が代表を務める『シティセル』の株主総会だからだ。

携帯電話などの無線通信サービスを提供しており、日本では五指に入る移動体通信事業者だが、明日の株主総会は荒れるだろうと予想された。昨年度は海外進出に伴い、かなりの損失を出している。

だが、これくらいは覚悟の上だった。激しさを増す移動体通信事業者の再編を前に、これからは中国・欧米の企業と提携し、国際市場に殴りこみをかけていかなければならない。そのためには巨額の研究開発費の増資を、明日の株主総会でなんとしても承認させなければならなかった。それができなければ、この先、事業は暗礁に乗り上げる。

大赤字を出した直後であり、雅庸の経営者としての手腕を問われる中で、そんな大増資を承認させるのは容易ではないことも承知していた。損をしたがらない株主たちを相手に、熱のこもった喋《しゃべ》りと、数字を伴った具体的なプランで強引に説得する必要がある。

——それでも、やり抜かなければならない。そのためには、どうしてもアレが必要だ。

誰にも言えない、雅庸の秘密。

いい加減、卒業しなければならない。いつまでも依存するのは良くない。

そんなことは嫌というほどわかっているというのに、失敗できない大勝負のときには、精神的な安定のためにどうしてもアレを求めてしまうのだ。

——アレさえあれば、私はどんな逆風が吹き荒れても、決然と胸を張っていることができるだろう。

なかなか卒業できそうもないが、どうにか縁を切れるようにならないかと、日々憂慮はしているのだ。

雅庸は深いため息を漏らす。

誰もが憧《あこが》れるグループの総帥がそのような悩みを持っていることなど、今は執事以外には知らない。

〔一〕

三月末に、各企業の株主総会はピークを迎える。

そんな決算期に、竹内元樹《たけうちもとき》は、『シティセル』の株主総会が行われる都内の一流ホテルに潜りこんでいた。

今時のサラリーマンっぽく、身体のラインに合わせてシェイプしたスーツにネクタイ姿だ。肉の薄いスッキリとした身体つきだから、そんなスーツがなかなか似合う。

いわゆる女性的な美人顔で、すっきりとした端整な顔立ちはそれなりに人目を惹《ひ》くものだったが、今日はスクエアの特徴的なオシャレ眼鏡をかけている。眼鏡を外せば別人の印象になることを狙《ねら》っていた。そんなふうに、人の目をごまかすことも竹内の習い性の一部だ。

首からIDカードを下げて書類の入った段ボールを抱え、ホールの周囲を取り巻く通路の奥にある関係者以外立ち入り禁止の柵《さく》をひょいと身軽にまたいで、その奥へとためらわずに進む。堂々としていれば、咎《とが》められることはない。たとえ竹内が『シティセル』とは関わりのないパパラッチだとしても。

舞台上では『シティセル』の社長始め、重役たちがずらりと並んで、質疑応答が行われているところだった。裏方の社員はその舞台を中継しているモニターに見入ったり、数千人を超える株主に渡す土産物の準備などに追われていて、竹内のほうに注意を向けることはない。

だからこそ竹内は廊下の壁に貼《は》られた『株主総会控え室一覧』のプリントをじっくり眺めて目標を確認することができ、その控え室がずらりと並んだ上の階に向かう。

世間での注目度が高い企業らしく、取材のためのテレビクルーや、各新聞社の腕章をつけた男たちとも多くすれ違った。飛鳥沢グループといえば不動産や私鉄も抱える日本有数の大グループであり、その無線通信事業者である『シティセル』の本体も大きく、傘下の子会社だけでもかなりの数となる。

それらの関係者も大勢入りこんでいるようだから、首から社員証に見せかけたＩＤカードさえぶら下げておけば、たとえそれが電車に乗るためのものだったとしても、特に咎められることはなかった。もちろんそれは、うっかりねじれたふりをして、胸ポケットに隠しこんである。

上の階の廊下にたどり着いてぐるりと見回すと、左右にあるホテルの会議室には役員控え室や弁護士控え室、事務局などの表示がされていた。

今日の午前十時から、この一流ホテルの一番広いきらびやかなホールにて、『シティセル』の株主総会が開催されている。三月期の決算についての報告と、新たに大規模な海外投資を求めた一号議案と二号議案が提案され、一度の休憩を挟んでお昼の一時には終了ととなる日程が組まれていた。

——事前の情報では荒れるっていう話だったけど、この分では難なく終了しそうだ。

廊下を歩く竹内の脳裡には、さきほど壇上で熱弁をふるっていた『シティセル』代表取締役の飛鳥沢雅庸の姿が浮かんでいた。

出席した株主から株価低迷を糾弾する質問が目立った中で、雅庸は堂々と胸を張り、これからはさらに海外への攻勢を強めていくと説明した。国内の携帯電話事業者市場はすでに成熟しており、海外での成長に全てを託すしかないと数値で論拠を示しながら、今後の『シティセル』戦略について熱弁をふるっていく。

数千人の株主は、その雅庸の言葉に圧倒されていた。総会前には海外への増資が承認されるのかどうか不透明だと、ロビーにいた記者たちは話していたはずだ。だが、雅庸の説明の後では会場の雰囲気は変わり、質疑応答のときには海外への成長に大いに期待するという株主の声が、多く上がっていた。

——ああいうのを、カリスマって言うんだろうな。

生身の雅庸を見た後では、そう思う。

その存在感によって人々を圧倒する能力を持つ、非凡な男。

説明したのが雅庸でなければ、こうは運ばなかったのではないかと竹内は思う。おそらく事前情報通りに株主総会は荒れ、海外増資を求める議案は可決の見通しが立たず、大混乱に陥っていたことだろう。

竹内にとっては、そんな雅庸はひどく遠い存在に思えた。

何もかもに恵まれた、雲の上の住民だ。個人資産三千億円を持ち、豪邸に住んで、二十二歳のときからグループ総帥として采配《さいはい》をふるっている。

——俺とは、全く育ちが違う。

おそらく竹内にとっての百円が、雅庸にとっての百万円だ。いや、一千万円か一億円かもしれない。雅庸の個人資産が三千億円というのに対して、竹内は財布にある三千円が今の全財産なのだから。

——あれ？　となると、一億分の一？

あらためて計算してみると、ギョッとする。日本有数の資産家と自分を比べるのはナンセンスでしかないが、普通の人間と比べても驚かれるほど貧乏な人生を送ってきたという自覚があった。それというのも父親がろくでなしで、育児放棄に近い環境の中でどうにか生き延びてきたからだ。

——俺のものは俺のもの。他人のものも、俺のもの。

そんな意識でずうずうしく他人の懐に入りこまなかったら、この年まで生き延びることは不可能だったことだろう。食費として週に千円あれば上等という生活だったが、それでも犯罪に手を染めなかったのは自慢してもいいと思う。ストスレを感じることはあっても、警察の世話になったことはない。厳しい大不況の中で、この先も無傷でいる保証はないが。

竹内は他人の私生活を嗅《か》ぎ回ることで、金に換える仕事をしていた。

まともに高校も出ていなければ、特技や資格を持っているわけでもない。少しばかり外見が良くても、女性ではないのだから色香を金に変えることはできない。

生き抜くために、何かと目端が利くようになっていた竹内に目をかけてくれたのが、貧乏取材がきっかけで知り合った写真週刊誌の編集長だった。

彼に雅庸を取材してこいと依頼されたのだ。現代の王子様として人気急上昇中の飛鳥沢雅庸の下半身事情——隠された恋人の存在や、人には言えない性癖など、使えるものがあったら持ってこいと。

似たような仕事は、以前にも何度も依頼されたことがあった。ひたすらつけ回し、シャッターチャンスを狙えばいい。借り物の一眼レフさえあれば、特に写真を勉強したわけでもない竹内でも、スクープをものにするのは可能だった。

自分とは違いすぎるきらびやかな芸能人たちを、レンズ越しに眺めるのは新鮮でもあった。食べたことのないサシの入った牛肉や、金のかかった衣装に装身具。彼らを嗅ぎ回ることで、全く知らなかった世界に触れるのが楽しくて、深入りしすぎた感もある。

だが、芸能人でも政治家でもない相手を嗅ぎ回ることは、滅多《めった》になかった。当然ながら、ネタにならないからだ。

『女性関係のスキャンダルがなかったら、どうします？』

そんなこともたまにある。竹内が尋ねると、海千山千の編集長は、ひょいと肩をすくめて答えた。

『その場合はうちの女性誌にリークするから、その手のネタを集めてくれ』

飛鳥沢雅庸は以前から業界紙で紹介されることこそ多かったが、その名が彼の美貌とともにお茶の間に知られるようになったのは、『シティセル』のＣＭシリーズによってだ。

もともと雅庸はＣＭに登場する予定ではなかったらしいが、それにまつわる逸話がある。

撮影現場で、出演予定の男優がいきなり急病で倒れるというアクシデントが発生したそうだ。そのＣＭには世界的に有名なアメリカの歌姫の出演が決まっており、来日予定を変更しての撮り直しは不可能だった。次善策を考えようと混乱する現場で、その歌姫がすっくと立ち上がり、撮影に立ち合っていた『シティセル』代表の雅庸の手をつかんだのだという。

『だったら、あなたが代理になればいいわ』

彼女直々の指名により、雅庸が倒れた男優の代わりを務めることとなった。

そんな、どこまでが本当だかわからない裏話とともに、雅庸の画像は全国に流されることとなった。美貌の歌姫と並んでも遜色《そんしょく》のない容貌と、完璧《かんぺき》なエスコート。それをイヤミなくこなせるだけの気品が雅庸にはあった。

それによって飛鳥沢グループの総帥でもある飛鳥沢雅庸の認知度は一気に進み、その出来過ぎたプロフィールとともに、何度もワイドショーに取りあげられた。ＣＭのシリーズ第三弾が放映されている今も、女性からの人気は過熱するばかりだ。今日集まった株主の中にも、雅庸を一目見るためだけに株を取得した女性がいるはずだ。

一時は取材が殺到したが、雅庸は仕事がらみの内容以外の取材を全て断った。今は経営者自らさまざまテレビ番組に出演していることも少なくない時代だが、雅庸はあまり派手なことは好きではないと言われている。

小学生のころは、極端なあがり症だったというエピソードもあるぐらいだ。人前に出ると、真っ赤になって一言も喋れなくなっていたのだと。

——だが、人は変わるもんだな。

竹内は株主総会での雅庸の姿を思い出して、舌を巻く。かつての恥ずかしがり屋の子供はどこに行ったのだろうか。

——ああいうのに限って、マザコンだったりするんだ……。

ひたすら人生の裏側を見てきた竹内にとって、雅庸のように非の打ちどころのない王子様の存在はどこか認められない。だからこそ、この話があったときには、雅庸の化けの皮を剝《は》いでみたくて乗り気だった。

だが、今のところ近づくことすらできずにいるというのが、正直な状況だ。

住んでいる大邸宅こそすぐに割り出すことができたものの、高い壁と厳重なセキュリティに守られ、外側から住民の姿は見えない。そこで働く使用人は、飛鳥沢グループの人材派遣会社選《え》りすぐりのメンバーだそうだ。そう簡単に潜りこめるようなところではないようだ。

『シティセル』本社も入った飛鳥沢ライズのほうも高度なセキュリティで守られ、IDカードを持った社員以外は厳しくチェックされる。総ガラス張りの近代的な巨大建造物である飛鳥沢ライズの建つ広大な敷地の周囲にもずらりと飛鳥沢の関連した企業のビルが林立していた。

都心部のこの一帯は全て飛鳥沢グループの持ち物であり、レストランやショップなどの商業エリアはともかく、それ以外のオフィスエリアはIDカードなしではどこにも入りこむことはできなかった。

仕方なく巨大な地下駐車場の出入り口の一つに目星をつけて張りこんだものの、雅庸の移動は全てハイヤーで、出かける先も厳重なセキュリティで守られた企業ビルであればもちろん、誰でも入れる飲食店であったとしても大勢の部下や秘書や取引先の人垣に阻まれて、その姿さえ見ることができない。

それでも、夜遊びぐらいはするだろう。そう思って、借りた車でしつこく追いかけ回してみたが、仕事上の付き合いや接待以外で出かけることはないようだ。総師邸に帰宅してからは、朝までその門が開かれることはない。あの屋敷の地下に秘密の抜け穴でも存在していない限り、総師はいい子で中にいることになる。

女を引きこんでいる可能性はないのかと、出入りする人々を細かくチェックしたこともあったが、それらしき女性は目につかない。さすがに飛行機や新幹線を使っての移動までは付き合えずに都内のみの監視となったが、無駄に時間が流れていくばかりだ。

すでに張りこみも三週間を超え、編集長からはそろそろネタを持ってこいという電話が入っていた。そんな折に開催された今日の株主総会は、部外者の竹内が間近に近づけるかもしれない絶好の機会だった。

——こうなったら、雅庸の下半身事情は諦めるしかない。だが、どうにかして、使える記事に仕立て上げなくては……。

焦りの気持ちも強くなっていた。

何せ、前渡しで受け取った半額の原稿料を全て使い果たしていた。金になる記事を書かなければならない。自分が食っていくためもそうだが、金が必要な事情があった。こんなにも懸命に働いているのに、金が全く手元に残らないのか不思議だ。

一度くらいは明日の衣食住を心配せずに、ぬくぬくと生活してみたい。朝起きたら食事が準備され、自分でしなくても掃除や洗濯を誰かがしてくれるような生活を。旅行すら一度もしたことがない竹内だったからこそ、セレブな生活に憧れる気持ちが強い。

——でも、まぁ、俺の貧乏の原因はわかってる。

父親のせいだ。幼いころは金を稼がないことで、今は金食い虫となって竹内を悩ませている。

いっそ親子の縁を切ってしまいたいが、そうもいかない。父を恨まずにいるためには、自分は貧乏と仲がいいからどうしようもないと思うしかないのだ。たとえ今日、朝から何も食べていないとしても。

——お腹空《す》いたな……。

だが、竹内には代案があった。

センセーショナルなスキャンダルがないのなら、雅庸の素敵な素顔を紹介したいという女性週刊誌に記事を売ればいい。そう編集長にも言われていたから、株主総会の壇上で熱弁をふるう雅庸の堂々とした姿を激写してある。

今日の株主総会は荒れるという話だったから、株主から責任追及されて青ざめる雅庸の表情なども撮影しようと思っていたのだが、壇上のあの落ち着き払った姿を見ればそれはないと思い直した。

だからこそいち早く撮影を切り上げて役員控え室に潜りこもうとしているのは、総会を終えてホッとした雅庸の表情や、チラリと覗《のぞ》く素顔などを撮影したかったからだ。

『いいか。女性はギャップにときめく。いつもは厳しく張り詰めた雰囲気を持つ男が、ふと油断したときに浮かべる笑顔や、休日のラフな姿。すっかりリラックスしきった安堵《あんど》の表情などに、キュンとして金を払うもんなんだよ……！』

以前、女性誌の編集長の奢《おご》りで飲んだときに、そう教えてもらったことがあったから、今回はその線を狙うつもりだった。

取材申し込みに雅庸が応じることは滅多にないというから、ちょうどいい。竹内の記事を買い取ってくれるはずの女性誌は、以前、取材を申し込んで断られたことがあるそうだ。

パパラッチというろくでもない仕事をしてはいたが、竹内は自分の書く記事にできるだけ責任を持ちたかった。今まで買い取ってもらった写真は全て本物だ。でっちあげの記事は書かない。

役員控え室に潜りこむのは、雅庸の素顔を撮影したいのに加えて、趣味や休日の過ごし方なども聞きたいという理由もあった。直接質問することはかなわないとしても、他の役員たちとのリラックスした会話の中で、そのヒントがつかめるだろう。

ゴルフが趣味ならゴルフの話が出るだろうし、釣りが趣味ならその話も出るはずだ。つかんだ片鱗《へんりん》から他に取材の枠を広げて、ネタをつかむことも考えていた。

——きっと、金のかかる趣味なんだろうけど。

竹内の幼いころの趣味は、しけもく拾いとぎんなん拾いだった。どっちも金になる。

少しばかり切ない気分になりながらも、竹内は役員控え室のドアの脇《わき》に立ち、エレベーターまで見通せる位置に陣取った。

しばらく待つと株主総会が終わったらしく、階下からのざわめきとともにエレベーターが忙しく動き始める。最初に出てきたのは壇上にいた見覚えのある重役たちだったが、そのすぐ後に雅庸の姿が見えた。取り巻きたちを従えて廊下を歩き始めたが、竹内がスタンバイしている役員控え室には向かわず、まっすぐこのフロアの奥にあるもう一つのエレベーターのほうに向かっているようだ。その姿に、竹内は慌てた。

壁から離れて、雅庸の背を追う。取り巻きにさり気なく混じった。

「今日は……お疲れ様でした。懸案の第一号議案も、難なく承認されまして」

重役たちが早足の雅庸に追いすがりながら、口々にそんなお追従を言っているのが聞こえてきた。

雅庸は眉一つ動かさない無表情のまま、彼らの言葉を受け流しているようだ。

「どちらに？」

別のエレベーターに乗り継ごうとしている雅庸に、誰かが尋ねる。

「部屋に行って休む。誰もついてくるな」

「懇親会は……！」

「そちらでよろしく頼む」

雅庸の前でエレベーターが開く。

そのドアが閉まるギリギリに、竹内はどうにか人々を掻《か》き分けて入りこむことができた。他に乗る者はおらず、二人を乗せたエレベーターは上昇し始めた。

雅庸を追いかけ始めて、三週間。

ここまで対象者と接近できたのは初めてだ。異様なほど近づきにくかった相手だけに、竹内はかすかな興奮すら覚えていた。

端に立ち、自分には背を向けている雅庸を、竹内はエレベーター内の鏡を使ってさり気なく観察する。

少し険はあるものの、ビックリするほど整った顔立ちは、女性が憧れる王子様そのものだ。背筋がまっすぐ伸ばされた、肩幅のある長身の身体つき。一目で最高級だとわかる、スーツやネクタイ。

——やっぱり、女性が憧れるのはわかるよな。

今までさんざん芸能人や政治家を追いかけ回してきたが、テレビやマスコミを通してのイメージとは裏腹に、下卑た部分を抱えている者が多かった。だが、雅庸はいつ見ても品行方正で、眉をひそめるような言動はない。むしろワーカーホリック気味で、金持ちというのはこんなに働くものかと感心したほどだ。

人々が追い求める金や権力や美貌を、全てその身に兼ね備えたグループ総帥は、むっつ

りした表情を変えず機嫌が悪いようにも見えた。

そのとき、軽く音が鳴ってエレベーターが停止する。開いたドアの向こうに見えたのは、VIP専用のスイート階だ。おそらくその階に宿泊する者でなければ、エレベーターを停止することすらかなわない、廊下にも高価な絨毯《じゅうたん》を敷き詰めた特別なエリア。

雅庸が竹内のことを一顧だにせず下りて廊下を歩いていってしまったので、竹内は少し考えてから、遅れてその後を追った。

雅庸は、廊下の奥まったところにある二七〇一号室に入って行く。背後にはほとんど注意していないようだった。だからこそ竹内はその二七〇一号室のドアが完全に閉まる前に、どうにかその隙間に足をねじこんで、オートロックがかかるのを阻止することができた。

――さて、どうするか……。

予定していた展開とは違っている。役員控え室で雅庸の素顔を激写し、彼らの雑談を立ち聞きするつもりだったのだが。

――ともかく、この機会を逃す手はないだろうな。

竹内はドアが閉じないようにストッパーを噛《か》ましてから素早く廊下に出て、そこにある内線を使ってルームサービスにかける。コーヒーを二人前、すぐに届けてくれるように頼んだ。それが届いたら、雅庸の秘書のふりをしてドアの前で受け取って室内に入るつもりだった。

室内ではホテルのスタッフを装って飲み物をサーブしながら雅庸のようすをうかがい、チャンスを見てその素顔を激写すればいい。そんな作戦に切り替え、竹内は二七〇一号室に戻る。ドアの内側にそっと入りこんだ。

スイートらしく、ドアを開けてすぐのところは何もない空間だった。磨《す》りガラスの向こうが応接間らしく、耳をすますとその奥から落ち着いた年配の男性の声が漏れ聞こえてきた。

「さようですか。赤が苦手だとは存じませんでした」

それに応じたのは、少し苛立《いらだ》ったような雅庸の声だ。

「何でもいいわけじゃない。赤だと透けるからな。いくら服を着ていても、ダメなものはダメだ。今日のライトはやたらと眩《まぶ》しかったから、いつ誰に気づかれるかと思うと気が気ではなかった」

——何のことだ……?

妙に気になる会話の内容だ。

竹内は耳をそばだてる。「赤」とか「透ける」とかが何についての話なのか、まるでわからない。だが、秘密の匂いを嗅ぎ取っていた。

「懇親会には、参加されないのですか。かなり華やかなものになるらしく、俊治《としはる》様は張り切っておられましたが」

「参加しない。赤のままでは落ち着かないからな。さっさと屋敷に戻って、着替えることにする」

——着替える？　赤というのは、身につけるものなのか？

雅庸が今日、身につけていたのは、落ち着いた黒のスーツにネクタイだった。株主総会に代表取締役として出席するのにふさわしい、威厳のある格好だ。そこに赤が使われていただろうか。

——ええと……。

「申し訳ありませんが、私は雅篤《まさあつ》様に後で顔を出すように言いつかっております。まずは、そちらに寄らなければならないのですが」

「執事のおまえに、雅篤叔父が何の話だ？」

「来週に迫った観桜会の件でしょう。そのときの応対やワインの選択などについて、私に伝えておきたいことがあるのかと」

「雅篤叔父はやかまし屋だからな。だが、そうとなれば仕方があるまい。私は先に帰る。誰か呼んで、ここの荷物を車まで運ばせてくれ。早急に検討したいことが出てきた」

そのとき、竹内は廊下を進んでくるワゴンの気配を聞きつけてそっとドアを押し開き、ドアの外に出る。

すぐに運んできて欲しいと依頼した通り、ルームサービスがきたところだった。秘書のふりをしてボーイからそれを受け取り、伝票にサインをして帰してから、竹内はワゴンに手をかけて深呼吸した。

ドアのストッパーを外して一度閉じてから、あらためてインターホンを鳴らす。

飛鳥沢グループに関連した社員は非常に数が多く、今回の株主総会も間にホテルや旅行会社などが噛んでいるらしきことがうかがえた。それをふまえた上での竹内の行動だ。IDカードは裏返して胸に挿しっぱなしだから、適当に相手が誤解してくれればいい。

ドアの前でしばらく待っていると、品のいいスーツ姿の初老の男性が出てきた。彼が、執事だろうか。

生の執事を目にするのは初めてで、竹内は思わず彼をじっと見た。それが不審だったのか、にこやかに尋ねられる。

「何か」

ハッとして、竹内は同じくらいのにこやかさで微笑《ほほえ》んだ。

「お疲れ様でした。お飲み物を運ばせていただきました」

「そうですか。でしたら、中へ」

スーツ姿の竹内のことを、ホテルの人間とでも思ったらしく、執事は室内に招き入れてくれる。

竹内はワゴンを押して、中に入った。

英国テイストの洗練された調度が並ぶスイートの応接室は考えていたよりもずっと広く、寝室はさらに奥にあるらしく、この部屋にベッドはない。

雅庸は鞄《かばん》に荷物を詰めこんでいた。竹内をチラリと見てから、ワゴンに視線を移す。エレベーターで一緒だったから、何か気づかれないかとヒヤッとしたが、総帥は覚えてはいないようだ。

「飲み物は必要ない。代わりにこの荷物を地下まで運んでもらえるか」

顎《あご》をしゃくられてそのほうを見ると、応接室のテーブルに大きな段ボールが一つ無造作に乗せてあった。今日の株主総会に備えて運びこんだ資料なのかもしれない。

「よろしいのですか？　何でしたら、私がお車まで」

執事が口を挟んだ。

「いい。おまえは叔父の部屋に向かえ。早く懇親会に出席したくてうずうずしているだろうから、待たせたら不機嫌になる」

「でしたら、よろしくお願いします」

雅庸はパソコンを入れた鞄を持って、立ち上がった。

「それを持って、ついてきてくれ」

うなずいて段ボールを持ち上げると、みっしり重かった。

執事は二人を見送ってから部屋から出るつもりらしく、ドアを支えてくれる。竹内は段ボールを抱えて、雅庸の後を追った。

ここまでうまくいったことに、心の中で快哉《かいさい》を叫んだ。

——あれ？　でも、まだうまくいっていないか。

肝心の写真撮影がまだだ。隠し撮りするための小型カメラや、暗いところでも映る暗視赤外線搭載カメラをポケットに隠し持っている。だが、手が塞《ふさ》がれているから、それを取り出すこともできない。

——だったら、是が非でもあの総帥邸まで潜りこむか。

高い塀で囲まれ、厳重な警備で守られた総帥邸。あの広大な屋敷で雅庸がどのように暮らしているのか、非常に興味があった。マスコミも滅多に入ったことがないだろうあの屋敷に潜入し、総帥がプライベートでどのように過ごしているのかという記事を書けば、きっとスクープ懸賞金まで上乗せしてくれるはずだ。

そう思うと、このチャンスを逃してはならないと力が入った。

重い段ボールをしっかり抱え直し、竹内は雅庸の後についてエレベーターで地下の駐車場に向かう。

事前に連絡をしてあったのか、エレベーターから下りるとすぐに、黒塗りの高級車が寄せられてきた。雅庸を張っていたときに何度も目にしたセンチュリーだ。

見覚えのある白手袋の運転手が運転席から下りてきて、雅庸のために後部座席のドアを開く。雅庸が乗ると、うやうやしくドアを閉じた。

それから竹内に向き直り、持っていた荷物を受け取ろうとする仕草を見せたので、竹内はすかさず彼を躱《かわ》した。ここで荷物を渡してしまっては、総帥邸に潜りこむことができなくなる。

「これは私がお屋敷まで、運ぶお約束になっております」

そう言いながら、竹内はどうにか片手で助手席のドアを開けて乗りこんだ。段ボールを膝の上に乗せて、抱えこむ。そんな竹内に、雅庸が後部座席から冷ややかに言ってきた。

「荷物はトランクでいい。さして大切なものじゃない。ご苦労だった。帰ってくれ」

だが、こんなところで追い返されるわけにはいかない。てこでも動くつもりはなかった。

竹内はシートベルトを締めながら、頑《かたく》なに言い返す。

「いえ。お屋敷まで運ばせてください。到着してから、お部屋まで運ばせていただきます。そこまでが、私の仕事です」

段ボールはけっこう重かったが、今はそんなことは気にならない。

あらゆる手を使って自分に取り入ろうとする部下には慣れているのか、雅庸はそれ以上は口を開かなかった。黙認することにしたらしい。

運転手はそのようすを察したらしく、運転席に乗りこんで車を発進させた。竹内は自分の身分や所属などについて尋ねられるかもしれないと思い、どう答えようかと考えを巡らせていたのだが、しばらくして後部座席から聞こえてきたのは、雅庸が使っているらしいノートパソコンのキーボードを叩《たた》く音だった。

総帥は他人に無関心なのだろう。

毎日大勢の人と接するから、いちいち気にしていられないのかもしれない。

どこか拍子抜けしたような気分を味わいつつ、竹内は助手席の窓から外を眺める。運転手も無口なタイプらしく、車中に会話はなかった。

三人を乗せた高級車は渋滞した都内を縫って走り、三十分ほどで総帥邸が見えてきた。遠くからでも、あの一段と大きな白亜の建物とその周辺の緑は目につく。正面奥に、装飾されたブルーのドーム状の天井がある特徴的な建物だ。

ずっとこの建物とその敷地内に入ることはかなわなかった。だからこそ、電動のゲートが開き、敷地内に入ることができたときには興奮が走った。妙な達成感がある。

車は広い敷地の中央を走り、総帥邸の玄関先にある半円形の車止めでピタリと停《と》まった。これほどの建物なのだから、大勢の使用人が総帥を出迎えるためにずらりと並ぶという映画のような光景を竹内は思い描いていた。だが、ガランとしていて、人の気配はない。

シートベルトを外し、段ボールを抱えて竹内が助手席から下り立つと、運転手にうやうやしくドアを開かれた雅庸が背後で立ち上がったところだった。

「お部屋まで運びます」

言うと雅庸は軽くうなずき、先導するように歩いて行く。

車止めから玄関まで、絨毯の敷かれた階段が十段ほど連なっていた。

車と運転手を残して階段を上がると、木のドアをくぐった先に広大な玄関ホールがあった。

竹内は圧倒されて周囲を見回す。

個人の邸宅というよりも、公の建物にしか思えないほど空間が広く、玄関ホールの向こうに大階段があった。見上げると美しいステンドグラスが、踊り場の窓で輝いている。

ふんだんに大理石が使われている、瀟洒《しょうしゃ》で豪華な建物だ。

だが、竹内がそれに見とれている間にも、雅庸は足を止めることなく階段に向かって歩いていった。

その姿を見失わないように、竹内は慌てて後を追うしかなかった。はぐれたら、人の気配のないこの広大な邸宅で遭難しそうだ。

総帥邸の内部のようすを撮影したくてウズウズしたが、両手は重い段ボールで塞がれているから、せっかくの撮影機材を取り出すこともできない。

――まぁ、いいか。

この荷物さえ置いたら、チャンスはある。それまで雅庸に不審に思われないようにふるまうのが肝心だ。

複雑な細工が施された大理石の階段の手すりや、壁のあちらこちらに飾られている絵画や時代物の真鍮《しんちゅう》製の燭台《しょくだい》に目を奪われながら、分厚い絨毯に足を取られないように注意して階段を上っていく。

二階に上がると雅庸は廊下を左に折れ、ほどなく木の重厚な扉を指し示した。

「その中に置いていってくれ。ゲートまで戻れば、ホテルまで誰かがおまえを送ってくれるはずだ」

雅庸はそう言い捨てて、別の部屋に向かう。示されたドアを肩で押して中に入ると、そこは書斎だった。

背の低い本棚が贅沢《ぜいたく》すぎる間隔を保って置かれており、一角には大理石の暖炉もあった。部屋の奥には、どっしりとした大きな机が置かれている。全体的に木のぬくもりを感じさせる、落ち着いた空間だった。

ここで雅庸は、自宅での仕事をしているのだろうか。

――俺の住む四畳半いくつ分?

しばらくは、書斎の中のようすに見とれてしまう。

荷物を置いたら、さっさと帰れということだろうが、せっかくのこの機会を逃すつもりはなかった。

竹内は段ボールを大きな机まで運んで乗せると、その重みに痺《しび》れた手をブラブラと振った。それからポケットから小型のカメラを取り出し、撮影ポイントを捜して周囲を見回す。

——ここが総帥邸か。

多くの女性が憧れる雅庸の、プライベート空間だ。

机の上にはノートパソコンが置かれていたが、その蓋《ふた》は閉じられ、メモや走り書きのようなものは一切表に出ていない。革のマウスパッドにペン立て。電話や手帳が位置を決められているかのようにまっすぐ置かれ、何かの企画書が左端に載せられている。さらに、いくつかのマネジメント系の本が立てかけてあった。全てが几帳面《きちょうめん》に整理整頓《せいとん》されている。

本人も一緒に撮影できないのは残念だと思いながら、竹内は角度を工夫しつつ、手早く書斎を撮影していく。

それから、竹内は廊下に出た。

案内されたルートを逆に戻りながら、目につくところを手当たり次第、撮影していく。ゲートのあたりでは監視カメラがいくつも設置されているのを見たが、屋敷内ではプライベートを重視するためか、監視カメラらしきものは見えない。

シャッターの音が響くたびに誰かに見つからないかと冷や冷やしたが、幸い誰も出てこなかった。

こんなにも広い邸宅で、廊下には塵《ちり》一つ落ちてないから、維持管理にも人手が割かれているはずだ。なのに、お昼すぎのこの時刻、誰ともすれ違わないのが不思議でもあった。

廊下に面した扉をそっと開けて覗いてみると、ホテルのように生活感が感じられない部屋があった。ゲストルームだろうか。総帥邸に呼ばれるゲストはどんなＶＩＰなのだろうと考えながら、そこにも踏みこんで撮影を行う。

さらに続けて開いたドアも、それぞれにおもむきの異なるゲストルームだった。三つ並んでゲストルームがあるらしい。さらに廊下を進み、角を曲がってすぐのところにあるドアを開くと、奥のほうに螺鈿《らでん》や漆絵が施された天然木の衝立《ついたて》が置かれていた。誰もいないと思ってその中に踏みこんだが、不意に物音がした。衝立の奥に誰かいるようだ。

――ヤベ。

何も答えずに足音を殺して部屋から出る。ドアを閉じようとしたのに、気配を察したのか、威圧的な声が響いた。

「田沢《たざわ》か？」

雅庸の声だ。

まだ見つかってつまみ出されるわけにはいかない。ドアをそっと閉じようとしたとき、また雅庸の声がした。

「これを洗っておいてくれ」

その言葉とともに芸術品のような衝立の上に引っかけられたものに、竹内の注意は引きつけられた。それは、赤いレースで縁取られた布地のようだ。

――ん？

にわかに興味を覚えて、竹内はそれを凝視した。

――赤だ。

株主総会の後で、雅庸と執事との会話の中に、赤がどうこう、と出てきたことをふと思い出した。

ドアのところからでは距離があってよく見えなかったから、竹内は足音と気配を殺してまた室内に戻り、衝立に近づく。

――何だ、これは？　ブラ？

一部分しか見えなかったが、レースの造形からそう推測する。だが、男性の雅庸と、女性用下着は結びつかない。なおかつ、「洗っておけ」という指示も不可解だ。

――まさか、これは雅庸の恋人のものか……？

そう閃《ひらめ》いた途端、これは天の助けだと思った。貧しい竹内に、これでご飯をお食べ、と天が哀れみをかけてくれたのだろう。女性誌よりも、写真週刊誌のほうが原稿料が高いのだ。

諦めかけていたこのタイミングで、雅庸の恋人の存在を嗅ぎつけるとは思わなかった。ここで下着が出たということは、それを身につけていた恋人もあの衝立の向こうにいることになる。竹内は裸の女性よりも、これから得られるだろうお金にゴクリと唾《つば》を飲んだ。

どんな女性だろうか。育ちのいいお嬢様か、この屋敷に仕えるメイドに手を出しているのか。はたまた、思いがけないタイプの女性なのだろうか。

とにかく写真を撮らないことには始まらない。

竹内は持っていた小型カメラを、音が出ないタイプのライター型のカメラに持ち替えた。気配を殺しながら絨毯の上に膝をつき、まずは国宝級の衝立の上に引っかけられている真っ赤なブラという、どこかシュールな映像を仰ぎ見る形で撮影する。それから手を伸ばして、その証拠物件を入手することにした。何度か引っ張ると、シルクらしいその品は竹内の手にすべり落ちてきた。やはりブラだ。

――ずいぶんと貧乳だな……。

最初の感想はそれだった。

カップの部分が小さいだけではなく、アンダーの部分が一般的な女性よりもだいぶ広いというアンバランスなサイズだ。

――胸囲があるが、貧乳の女性……？

雅庸は女性に不自由しない立場だからこそ、スタイル抜群の美女ではなく、他のタイプの女性を愛《め》でることになったのだろうか。

ぞくりと、戦慄《せんりつ》が背筋を伝う。これはネタになると、パパラッチの勘が告げていた。

――面白い。

美男が美女を相手にしていたのでは、面白くない。どこからどう見ても立派な御曹司なのにとんでもないマザコンだとか、特殊なほどの貧乳好きだといったほうが、男性読者の興味を引きつけることができる。女性読者は悲鳴を上げるだろうが、原稿料が高いネタのほうが竹内は好きだ。

竹内は絨毯の上でブラをあらためて撮影してから、この衝立の向こうにいるお相手の女性に標的を定めた。期待と興奮で胸が高鳴るのを感じながら、視界を阻む衝立のどっしりとした木材に指をかけ、一気に押してその向こうを激写しようとした。

「何をする……！」

だが、いち早くその意図を察した雅庸によって、その衝立は素早く押し戻された。倒れないように衝立を支えながら、姿を見せたのは雅庸だ。

着替えていた最中なのか、シャツのボタンが全部開かれていた。だが、下はそのままだ。全身で衝立をかばうように出てきた雅庸は、あからさまに表情を強張《こわば》らせて竹内を睨みつけた。

「おまえは、さっきの……！　まだ帰ってなかったのか。ここで何をしている……！」

竹内はカメラを背に隠し、雅庸が守る衝立の向こうにいるはずの女性の姿をどうしたら撮影できるのかとチャンスを見計らった。

「何って、……その、これから帰りますというご挨拶《あいさつ》を」

雅庸がどこうとしないので、精一杯背伸びして肩越しに向こうを覗こうとした。その途端、いきなり顔面を手で押さえつけられる。

「とっとと帰れと言ったはずだ！」

雅庸のいつになく取り乱したような態度に驚く。

だが、下着を外した恋人がその向こうにいるのだとしたら、そこまで慌てるのも当然とも思えた。

「ちょっ……！　やめてください、眼鏡が……！」

視界を完全に塞がれながら、竹内は雅庸の手を顔面から引き剥がそうと揉《も》み合いになった。その拍子に、ポケットに入れてあった小型のカメラが床に落ちる。

「……っ」

借り物だったから、壊してはいないかと竹内は焦った。慌てて、それを拾い上げる。

下に分厚い絨毯が敷かれていたおかげで壊れてはいないようだが、安堵する間もなく竹内の手からカメラはむしり取られた。

「これは、どういうことだ」

雅庸に詰め寄られた。

「その、……これはいつも持っているもので、株主総会でのようすを撮影したんですが」

どうにか取り戻そうとしたが、長身の雅庸の持つカメラにまで手が届かない。竹内の言い分を信じずに、雅庸は頭上でデジカメを操り、そこに映っているものを確認していく。そこには、総帥邸内部が映っているはずだ。ブラの写真はライター型のカメラで撮ったから、そこには映っていないのが救いだった。

「これは何だ?」

それでも追い詰められていくのを感じながらも、竹内はしたたかに笑ってみせた。窮地に陥ったときは、開き直ったほうが勝ちだ。

「まぁ、その写真はともかく。このブラの持ち主について、詳しくうかがいたいところですが」

指先でブラをつまみあげ、雅庸の隙を狙って一気に衝立を開いた。その奥を覗きこんだが、今の騒ぎに乗じて逃げ出したのか、そこには誰の姿もなかった。

——あれ?

拍子抜けする。

クローゼットの扉が開け放たれ、椅子に雅庸が脱いだ服が乱雑にかけられているだけだ。

——まさか、クローゼットの中にいるのか?

この邸宅ならば、ウォークインできるような広いクローゼットが備えられているかもしれない。

だが、衝立の向こうに踏みこもうとした竹内の前に、殺気だった雅庸が立ち塞がった。

「この奥に何の用だ？」

低めた声には、このままではすませないといった迫力がこめられている。

竹内は自分よりも十センチは背の高い雅庸を見上げながら、艶然《えんぜん》と笑ってみせた。

「総帥にこんな秘密があるとは知りませんでした。上手に隠していらっしゃいましたね。こんな機会でもなければ、俺も知ることはありませんでしたが」

ブラの件も、恋人が誰なのかということも全くわかっていなかったが、何でも知っているように装うのは取材の常だ。知られたくないことを隠し持っている相手なら、その言葉に狼狽《ろうばい》して思わぬネタを吐く可能性もあったし、観念して固い口を開くこともある。

だが、竹内の言葉を耳にした途端、雅庸の表情があからさまに強張った。整った眉をきつく寄せて、竹内を睨み据えてくる。

「誰の差し金だ」

「え？」

「誰に頼まれて、私のことを探りに来たのかと聞いてるんだ！」

だが、自分がパパラッチであることも、背後にいる写真週刊誌のことも、知らせるわけにはいかない。

「話すわけには――」

適当にごまかそうと笑ってみせた瞬間、雅庸の緊張は最高に高まったらしかった。口よりも先に手が伸び、竹内の身体は空中に浮かびあがる。直後にだん、と背中から床に叩きつけられて、息が止まった。絨毯でだいぶ衝撃は軽減されてはいたが、それでも肺にあった息がぐうっと吐き出される。

恐怖に目を見開いた途端、雅庸が馬乗りになって、両手で肩を真上から押さえこんだ。

——何……？

まともに呼吸ができないまま、竹内は全身で感じる雅庸の重みに圧倒される。見上げた雅庸は尋常ではない殺気に満ちていた。このまま口止めとして殺されるのではないかという恐怖が頭をよぎる。ここまで広い邸宅なら、部外者の目は届かないはずだ。死体の始末も思うがままだ。

そんな竹内を覗きこみながら、逆らうことを許さない態度で雅庸が詰問した。

「もう一度聞く。誰の差し金だ？」

声は鋭く、冗談でごまかせそうな雰囲気はカケラもない。雅庸はどこか追い詰められたような切迫した目をしていた。

恋人は、それほどまでに隠さなければならない相手ということなのだろうか。

そのことに、竹内は興奮した。より知りたいと思ってしまう。

ずっと遠くからその姿を見るしかなかった自分が、総帥の秘密の扉に手をかけることができたのだと思っただけでゾクゾクした。

だが、問題なのは、そこまでして雅庸が隠そうとしている人物の正体を、竹内自身が全く知らないことだ。どうしたらそれを探り出せるだろうか。とにかく雅庸にあやしまれてはならない。そのために、自分の正体を隠し、背後に誰もいないのだと伝えなければならない。

自分は単なる総帥ファンというのはどうだろうか。同性であっても総帥に恋焦がれ、その思いを抑えきれずにここまで押し入ったストーカーじみたファン。そんな無茶な設定に自分でも呆《あき》れたが、他に何も思いつかないからそれで押し通すしかない。

男に色目を使うと考えただけで鳥肌が立つが、雅庸の秘密を探り当てるためなら、何でもする。

ひきつりそうな頰《ほお》に笑顔を浮かべながら、竹内は甘ったるく囁《ささや》きかけた。

「——誰の差し金も何も。……社長のことが気になって、こんなところまで入ってきたに決まっているじゃないですか」

だが、その作戦は完全に裏目に出た。雅庸が鬼の形相に変わったからだ。

「私の何が、そんなにも気になるんだ？」

肩をつかむ腕に、骨まで砕かれそうな力がこもる。

ここまでして隠したいことは何なのか、ますます気になる。妙な誤解を受けるのは承知の上で、竹内はさらに一歩踏みこむことにした。

「俺は、……単に社長のことが気になって、近づきたかっただけです」

「だが、おまえは知ってはいけないことを知ってしまった」

雅庸の目は人殺しでもしかねないように血走っていた。

竹内の顔を凝視しながら、雅庸は続けて恐ろしい言葉を吐いた。

「秘密を知られたからには消すか、それとも決して秘密を口走れないよう口止めをするか」

――口止めだと……？

竹内の脳内でそれは『口止め料』と容易《たやす》く結びついた。

殺されるのと、口止めのために大金をいただくのを比べたら、後者のほうを選ぶに決まっている。

「どっちがいい？」

尋ねられて、何が起きているのかわからないまま、竹内は声を張り上げた。

「口止めのほうを……！」

「口止め？　そっちか。それを選ぶか。私に誰にも言えないように辱めを与えられたいと願うのだな。望まない相手に無理やりそのようなことをするのは気が進まないが、私のことが気になって、必死で近づこうとしていたというのなら、あえてそれを選ぶのも当然とも言える」

ブツブツつぶやかれたが、竹内はその大半を理解できなかった。

──え？

自分が欲しいのは金だ。なのに、『誰にも言えないような辱め』というのは、どういうことだろうか。

「おまえ、落ち着け……」

異様に興奮していて、自分の世界に入りこんでいるらしい雅庸の誤解を解こうとした。だが、雅庸はすでに何も言っても聞き入れないような状態にあるらしい。

「仕方がない。知られないためには、するしか」

決意したような言葉とともに、いきなり竹内は手首をつかまれてうつ伏せに押さえこまれ、雅庸のネクタイでぐるぐると一つに縛られていく。ただでさえ力ではかなわない雅庸を相手に、拘束されると考えただけで震えが走り、竹内は逃れようと必死であがいた。

「離…せ……っ！」

だが、鬼神にでも取り憑《つ》かれたような雅庸の力は異様なほどに強く、まるで太刀打ちできるものではなかった。

痛いぐらいに手首にネクタイを食いこまされた後に、仰向けにひっくり返された。次にベルトに手をかけられ、脱がされそうになって、竹内の混乱は極限に達した。

「な、な、な……っ、何を……っ！」

金が欲しい。口止めに金を。だが、これは違う。何かが違う。

手を縛られてしまうと、大幅に抵抗力は剝ぎ取られた。竹内の腰からスラックスをずるりと引き下ろしながら、雅庸はその質問に答えた。

「口止めだ」

「え？」

「この身体に、私の秘密を口走れないような辱めを与えてやると言っただろう」

ようやく竹内は、自分が置かれた状況を理解したような気がした。

まさか雅庸は、口止めのために自分を犯そうとしているのだろうか。その思考の飛躍が理解できない。

「そんなの…っ……、本気じゃないだろ……？」

口止め代わりに抱くなんて、現実にあるとは思えなかった。しかも、男である自分にそんな災厄が降りかかるなど。

だが、雅庸はまるで聞く耳を持たない。抱く、抱かなきゃ、とブツブツ言いながら、竹内のスラックスと下着を剝ぎ取ると、次は上に着ていたものも脱がせていく。

「秘密を知られたからだ」

「ちょっと待て！　こんなことで口止めになるはずが……！」

だが、揉み合ううちにも竹内の着ていたスーツの上着のボタンは外され、ネクタイも抜き取られてその下に着ていたワイシャツのボタンも全て外されてしまう。竹内の素肌に雅庸の手が差しこまれた。

「っく！」

竹内は素肌をまさぐられる初めてのショックに固まる。

雅庸は竹内を組み敷きながら、異様に輝く目で見下ろしてきた。

「おまえは色が白いな。ラインも綺麗だし、さぞかし……が似合うだろう」

――何が……似合うって？

パニックに陥りかけている竹内には、雅庸の言葉が聞き取れない。

雅庸は両手を竹内の胸筋に乗せた。そこで手を止め、何かを思い描いているようにも見えた。

「……っ」

胸を覆った手がかすかに動いたとき、反射的に竹内の肩はピクンと震えた。何だかよくわからない生理的な反応だった。そんな竹内の動きに、雅庸はとまどったように動きを止める。だが、何かを探るように手を動かしていく。その手の動きは慎重でおずおずしていて、他人にこんなふうに触れることに慣れていないように思えた。

その大きな手の動きに、意識が集中してしまう。

男の手に肌を探られるのは気持ち悪いだけでしかなかったが、胸元に一箇所だけ感覚が鋭いところがあった。そこがてのひらでまた不意に擦《こす》れて、同じようにビクンと身体が跳ねあがった。

「……っ」

同時にゾクッと走った初めての感覚にとまどっていると、雅庸が手を外してその位置をしみじみと見つめてくる。その手の下にあったのは、小さな乳首だ。そこがどんな感覚をひそませているのか探るように、親指と人差し指でこわごわそこをつまんできた。いきなり走った感覚に、竹内は驚いて逃れようと身を捩った。

「やめ…っ！」

だが、動いたことによってそこが強く引っ張られ、痛みが強くなる。竹内はその指から逃れようと、ますます身体をひねった。

「やめろ、この……！」

だが、雅庸は拒まれたことで意地になったのか、竹内の肩をつかみ直した。

「そうはいかん。口止めをするって決めた。ここは感じるのか？」

雅庸は食い入るように竹内の小さな乳首を眺めてから、そこにある指を動かす。つままれるたびに痛みが走り、竹内の身体は大きく震えた。

「……痛いって、……言ってるだろ！　このバカ！　やめろ！」

容赦のないののしりに、雅庸はムッとしたように頬を強張らせる。

「だったら、痛くしなければいいんだろ」

いきなりその小さな粒に食らいつかれた。

「っぁ……」

肉厚な舌で乳首を押しつぶされ、じわりとへその下あたりから痺れるような感覚が広がった。

「やめ……っ！」

――何だ、これは。

ゾクゾクする。竹内が痛がってはいないことを察したのか、雅庸は誇らしげに言った。

「舐《な》めるだけなら、痛くないだろ？」

「……っ」

痛くはないが、気持ち悪い。

なのに、雅庸は舌をがむしゃらに動かして、乳首を舐め回すのを止めてくれない。

――何で、……こんなことに……！

竹内は乳首を舐めずられる慣れない感覚に耐えるだけで精一杯になりながら、首を左右に振った。

さんざん女を抱いた経験もあるはずなのに、どうしてか自分に触れてくる雅庸の身体の動きはぎこちなくて、そのくせ奇妙な執着だけが伝わってくる。舌先に全神経を集中させて舐められているような気がする。組み敷いてくる雅庸の身体はとても重くて熱く、興奮に乱れた息づかいが聞こえてきた。舐めるだけでは我慢できなくなったのか、いきなりちゅっと吸われて、竹内はのけぞった。

「やめろっ！」

だが抗議する声を塞ぐように空いた手できゅっと反対側の乳首をつまみ出されて、ぞくんと身体の内側に甘ったるい刺激が走った。

「っぁ」

一瞬だけでも感じて、濡《ぬ》れた声を漏らしてしまった自分に死にたいような気分になる。

男に押し倒され、乳首を吸われているなんてあり得ない。ひたすら明日の衣食住を確保するだけで精一杯で、女にまで気を回す余裕はなかった。だが、この年まで童貞でいたのは、男に犯されるためではない、絶対に。

「やめろって、……このヘンタイ…っ！」

ひたすら乳首をちゅうちゅうと吸い続ける雅庸の頭を、竹内は肩や腹筋を使って押し返そうとする。腕が使えないのがまどろっこしくてならない。だが、邪魔するなとばかりに歯を立てられ、その痛みにのけぞった。

「っぁ……っ、も、……めろ、そこ……っ！」

雅庸の唇に乳首を含まれているだけで、竹内の身体は変になっていく。身体の奥からじ

わじわと甘ったるい熱がこみあげ、勃《た》ちそうになるから困る。しかも、唇の中で乳首が硬く凝《しこ》るにつれて、受け止める感覚も鋭くなってくるのだ。

「やだ……っ！」

大きくもがいた途端、周囲の色づいた部分ごとちゅっと吸われて、身体の芯《しん》までゾクリと響いた。雅庸がかすかに顔を上げ、しみじみと乳首を眺めながら言った。

「男でも、ここで感じるようだな」

「感じ……て……なんて、いる……ものか！　痛いだけ……だ……！」

「痛い？　そうか？」

「つう、……っく」

検証するようにまた胸元に顔を埋《うず》められ、その小さな部分を吸い上げられるたびに、痛み混じりの苦痛が走った。

「や、めろ……！　痛いって言ってるだろ！」

不慣れなのか、力の加減ができていない。

強く刺激すればそれだけ感じるなんて、考えているのだろうか。

「だから、……痛いって……！」

吸われるたびに走る苦痛に耐えかねて声を荒げると、不意にがりっと歯を立てられた。

「ッ……ぁ！」

苦痛に息が漏れる。それを悦楽の声だと勘違いしたのか、立て続けに歯を立てられた。あまりの痛みに、竹内はビクビクと震えるだけで抗議の声を漏らす余裕すらなくなる。まさか、こんなふうに反応しているのも気持ちがいいからだと誤解されているのではないだろうか。

「っく、……っぁ……っ」

嫌というほど噛んでから、雅庸はそこをまた舐めてきた。だが、刺激が柔らかかったのはほんの少しだけで、ミルクを吸いだそうとしているかのように小刻みに吸い上げられ、竹内は与え続けられる苦痛に朦朧《もうろう》としてきた。

「も、……やめろ……っ！」

涙目になる。

ある程度の修羅場はくぐってきたが、殴られる痛みとは違って皮膚の柔らかい部分をこんなふうに執拗《しつよう》に嬲《なぶ》られる痛みには我慢できない。

「やめることはできない。言ったはずだ。おまえがどう思おうと、口止めをするのだと」

勝手なことをほざきながら、雅庸はようやく乳首から口を離す。それから身体の位置をずらして、膝の後ろを手でつかみ、大きく足を割り開く。そのことに驚いて雅庸を蹴《け》り上げようとしたが、太腿《ふともも》にしがみつかれ、さらにぐっと膝《ひざ》に重みをかけられた。そのためにより足が開かれて、他人に見せたくない性器付近を暴かれ、竹内は死にそうな羞恥《しゅうち》心にあえいだ。

——勘弁してくれ……！

きつく目を閉じながら、竹内はこの地獄のようなときが過ぎ去るのを待つばかりだ。さんざん弄《いじ》られた乳首がヒリヒリする。男の性器など見ても萎《な》えるだけだと思うのに、もっと見ようとしたのか、膝が胸のあたりにつくほど力任せに押しつけられた。

「っふ……」

圧迫感に息が漏れる。くの字に身体を折り曲げられて尻《しり》が半ば浮いた自分の姿に、嫌な予感を覚える。雅庸の視線があらぬところを見ているような気がして仕方がない。排泄《はいせつ》にこそ使えど、それ以外の用途には決して使いたくないと思っているところに竹内の意識も向いた。

「ここに……入れるんだな」

上擦った雅庸の声を聞いた途端、その疑念は現実のものへと変わった。恐怖に襲われながらも、竹内はその危険を回避するために雅庸をなだめようとした。

「いや、その、無理だから」

「無理？」

「そう。素人には無理。その手のプロじゃないと、ここに……入れるのは、不可能。病院行き……。だから、無理するのはやめろ。な？」

だが、何かに憑かれたような目をした雅庸は止めるつもりはないらしい。

「試してみよう」

足の間に雅庸の手が入りこみ、いきなり指をねじこまれた。

「つぐ、ぁっ！　バカ、痛い！　痛い！」

乾いた部分に走った痛みに、その指から逃げようと腰が揺れる。だが、雅庸の力は強く、固められた足は動かせない。

「……抜け……！　早く……っ」

懸命に求めると、指が抜けていった。

だがホッとすることもできなかったのは、雅庸が不穏な気配を漂わせながら周囲を見回し、何かを引き寄せようと上体を伸ばしたからだ。それが何だったのか、竹内は五秒後に身体で思い知らされた。指をねじこまれた後孔に、どろりとした粘度のあるものが上から滴らされてきたからだ。

「く…ふ…ぁあっ！」

その冷たさに腰が跳ね上がる。

鼻先をラベンダーの匂いがかすめた。

――香油……？

手近に、その壜《びん》があったのだろうか。

「濡らせば、さして痛くはないはずだ。昔、母の指輪が抜けなかったときも、油まみれにしたらスムーズに動くようになった」

雅庸は断定的に言うと、後孔に香油をまぶすように指を使っていく。

「バカ！　それでも無理だ！　つか、……止め…ろ……」

「大丈夫だ。もっと濡らせば」

量を使えばそれだけすべりが良くなると考えたのか、その言葉とともに細い冷たいものが後孔につぷりと突き立てられ、中に直接、押し出された。

「っは、……ッア！」

液体が体内で逆流する初めての感覚に、竹内の腰は跳ね上がる。

——今のは何だ？

香油のスポイトだろうか。

驚きのあまり言葉もない竹内の後孔から細長いものが抜き出され、中からあふれ出した香油が、ゆっくりと狭間を伝い落ちていく感覚にゾクリと背筋が痺れた。入れられたものが流れ出すのは恥ずかしくて、どうしてもそこに力がこもる。その流れを指先でなぞられただけで、背筋を伝う悪寒とともに括約筋がひくひく蠢《うごめ》いた。

——嫌だ……っ！　何で、俺が、……こんなこと……！

初めての感覚に言葉もなくしていると、あらためて指が押しこまれた。ぬるぬるばかりが先行して痛みは消えていたが、それでもそんなところに指を入れられるなんて男子一生の恥だ。

「……くッ、ァ」

どうにかして指を出して欲しいのに、力をこめるとさっき注がれた香油があふれ出す感覚があって、そのおぞましさに力がこめられない。

長い指が根元まで押しこまれて、ゆっくりとそこで動いた。自分の体内で他人の指が蠢くというあり得ない体感にさらされて、竹内は強く唇を噛みしめるしかない。

「っやだ、……抜け、……っこの……っ、やめろってば……っ！」

必死で逃れようと腰を動かすたびに、体内にある指と襞《ひだ》が擦れる。ぐちょぐちょと指が動かされる。

「柔らかいな。……それに、熱い……」

そんな情報など知りたくはなかった。

「ばっ！　そんな……抜け……！　とっとと指を抜け！」

「こんなところで、止められるものか」

興奮に上擦ったような雅庸の声とともに、指が竹内の襞を引っかくように掻《か》き回してくる。その指にこめられた力が強すぎて、すべりは格段に良くなったが痛みすら感じるほどだった。

何でこんなに力の加減ができないのか、理解しがたい。こんなふうに女性を抱いたら、さんざん痛がられるはずだ。

「つぁ、……っや、……っ！」

くちゃくちゃと力任せに中を掻き回されるたびに、痛みと悪寒がそこから広がる。あまりの嫌悪感に吐き気すら覚えた。

「やだってば……っ！」

「だが、次第に柔らかくなってきたようだ」

香油がまたスポイトで体内に直接注ぎこまれ、その冷たさにぞくりと息を呑《の》む。もう勘弁して欲しいのに、無理やり指を増やされた。

「ほら。……もう二本も入る……」

「るせ……っ！」

動かされるたびに、縁から香油があふれ出すのが気持ち悪くて仕方がない。お尻までぬるぬるだった。

この地獄の時間が過ぎ去ることだけを祈っていたというのに、不意にびくんと身体が反応したのは、脊髄《せきずい》を伝って、甘ったるい強烈な電流が脳天まで駆け上がったからだ。

「つふ、……つぁああ……っ！」

濡れきった声を漏らしながら、きゅうっと襞が痙攣《けいれん》して指を強くくわえこんだ。

自分でも何が起きているのかわからなかった。いきなりの快感の余韻が、頭や腰を痺れさせている。だが、今の竹内の異変を探るように中で指が蠢いた途端、また腰が跳ね上がって、ギチギチに食い締める。

「っん、あああ……っ！」

これは何なのだろうか。

そんな竹内の反応を、雅庸は目を凝らすようにして観察していた。竹内の身体から力が抜けるなり、また慎重に同じ位置を指で探ってくる。動かされるたびに刺激される場所は少しずれたが、それでもゾクゾクと甘ったるい刺激が広がり、竹内は電流を流された実験動物のように無条件に反応することしかできなかった。

――ダメだ、イク……っ！

その前兆が、下腹のあたりからせり上がってくる。尻に指を突っこまれてイクなんてごめんだ。これは何かの間違いだ。そう思いたいのに、雅庸の指が感じる部分に触れるたびに、見えない手に押しあげられる。総毛だつような絶頂感に唇が震えた。

「っあ、……っあ、あ、あ……っ！」

指で痛いぐらいに中をえぐられた途端、灼熱《しゃくねつ》のマグマが性器に流れこんだ。先端から快感と化して迸《ほとばし》る感覚に打ちのめされる。快感に意識が塗りつぶされ、大きく身体が何度も痙攣する。

竹内は自分が射精しているという事実に驚愕《きょうがく》した。

——な……っ！

こんな醜態をさらしたくなかったが、途中で射精を止められるはずがない。達している最中ずっと雅庸の指がその部分に押しあてられており、のたうつたびに自ら刺激を受け止めることとなった。足のつま先まで反り返らせて、その強い衝動が収まるまで放つしかない。

ようやくその衝動が収まっても余韻に襞がひくつき、雅庸の指をひくりひくりと食《は》んでしまう。

竹内は顔を横に向けたまま、荒く乱れきった呼吸を整えるしかなかった。

「抜け……っ」

涙混じりの声で要求する。まだ雅庸の指は、体内に入ったままだ。だが、雅庸はくちゅ、とその指で中を掻き回した。

「イった途端、中が一気に柔らかくなったぞ」

達した直後で敏感になっている襞を掻き回され、息を呑まずにはいられなくなるような感覚に、濡れた声が漏れた。

だが、雅庸が竹内の足を抱え直し、自分のスラックスの前を開いて熱くなったものを取り出しているのを見た途端、ビクンと恐怖に全身がすくみ上がる。

「っや、……や、や……っま、まさか、おまえ、こんなものを入れようと考えてるんじゃないだろうな」

「今なら入りそうだ。試してみないか」

指が中から抜き取られ、その代わりに雅庸の剛直が入口にあてがわれた。その弾力と熱さを感じ取っただけでも、大きく腰が揺れた。

「ば、……入らない！　絶対！　つか、こういうことをしちゃ……っ」

触れているのは一部分に過ぎないが、男の身勝手な欲望が伝わってきて焦りが広がる。竹内は固定された下半身の密着した粘膜を、どうにかその凶器から逃がそうとあがいた。

「だが、こうなったら止まらない。わかるだろ、それくらい」

切実に思い詰めたような雅庸の声と乱れきった息づかいとともに、熱くなった性器が足の間に擦りつけられる。そのあたりの皮膚はどこも敏感で、硬い大きなもので刺激されるだけでもぞくぞくと痺れが広がる。

押しつけられた雅庸の熱から、興奮が直接竹内にも伝わってきた。鼓動がせり上がり、心臓が乱打する。もがくたびに性器や陰嚢《いんのう》やそのあたりの敏感な部分が擦れ合って、竹内の性器も否応《いやおう》なしに熱くなる。

息を呑んだ瞬間、まともに力が入らないでいた竹内の体内を、その逞《たくま》しい楔《くさび》が強引にこじ開けようとした。

「つぁ、あ！」

ぬるぬるにされていた括約筋が、限界まで押し広げられる。だが、張り出した先端部分をなかなか呑みこむことができずにピリピリと痛みが走った。

「つぁ、……っや、痛い、……っやめ……ろ……っ！」

腰を必死で左右に動かすと、その先端が外れた。だがすぐに竹内の腰は引き戻され、そこに硬いものがあてがわれる。

雅庸は逸《はや》り、興奮していた。力任せにぐいぐい括約筋をこね回されたが、そんなふうにされればされるほど身体がすくみ上がって、呑みこむことができない。

——痛い、……痛い、痛い……！

涙が沸きあがる。嫌で嫌でたまらないのに、竹内のものと雅庸のものが擦れ合うたびに、強烈な摩擦が背筋を駆け抜ける。首を振ると、唇の端から唾液《だえき》があふれた。

「っいや……っだ……」

また括約筋をめくりあげられ、挿入されそうになって、竹内は必死で腰をせり上げた。ずれた性器が触れあって頭が真っ白になりそうな快感が広がる。挿入されなくとも、二本の性器が不規則に触れ合うだけで充分な刺激となっていた。

「ツン、……っ、く、……ぁあ……っ！」

背筋を駆け抜ける強烈な快感に、ともに放っていた。敏感なあたりに、熱い精液が浴びせかけられる。その熱さに竹内も灼《や》かれた。

「ふ、あ、…は…」

竹内は身体から力を抜く。

惨めなのか、悲しいのか、悔しいのか、それでも気持ち良かっただけなのか、よくわからないままだ。

しばらくは下肢をジンと痺れさせる余韻にぼうっとしながら、乱れきった息を整えるだけで精一杯だった。

雅庸も呆《ほう》けたような状態らしく、しばらく動かなかった後でのろのろと身体を動かして、竹内の手首を背中で縛っていたネクタイを外してくれる。それによって、これ以上するつもりはないとわかってホッとしたが、一発殴りたかった。

――このヤロウ。

どうにか挿入されずにすんだが、危ないところだった。

二度と危ない目に遭わないために、思い知らせておいたほうがいい。そう殺気立ちながら雅庸を見ると、彼は床の上で膝を抱えていた。

「は……」

虚《うつ》ろな目をして手に顔を埋め、深いため息を漏らす。その仕草があまりにも絶望を感じさせるものだったので、竹内は思わず怒りも忘れて凝視してしまう。

本来ならば、強姦《ごうかん》されそうになった自分のほうが、怒ったり絶望した気持ちを表現してもいいはずだ。なのに、雅庸にこんなふうにしょんぼりとされると、毒気を抜かれる。その原因については、何となく察しがついた。

——失敗したからか。

竹内を熱く猛《たけ》るもので貫くことができなかった。挿入に至らずに暴発してしまったというショックが、雅庸を深く打ちのめしているようだ。

だが、初めてでもあるまいし、たまにはそんなこともある。

竹内は雅庸を眺めながら、だるい身体を起こして、後始末をした。どうにかその汚れが落とすことはできたが、雅庸は手で顔を覆ったままピクリともしない。そこまで自信喪失したのだろうか。

——俺にとっては、よかったんだけど。

時間とともに怒りが薄れる。ここまでしょんぼりされると、奇妙な罪悪感さえこみあげてきた。

「元気出せよ、……な?」

竹内は膝を抱えこんだ雅庸のそばまで行き、逞しい肩を叩いて軽い調子で言ってみたが、顔も上げない。

——何でここまでショックを受けることが……。……童貞でもあるまいし。

この容姿と立場があるのに、三十二歳の今まで女性と関係を持っていないなんてあり得ないだろう。

——だが、やたらとへたくそで不慣れだった。……もしかして、男が好きだからか……？

自分相手に勃ったというのは、そういうことだろうか。立場上、その性嗜好《しこう》をあからさまにして、適当な相手を捜すのは難しい。だから、今まで童貞だったなんてことがあり得るのだろうか。

だとしたら、とんでもなく自信喪失させたことになる。恐ろしい予感に満たされながら、竹内はこわごわと尋ねてみた。

「おまえ、……もしかして、……今日が、初めてか……？」

セックスそのものに慣れていないようにも思えた。暴発したのも、竹内が抵抗したからというより、初めてすぎて興奮しすぎた結果のようにも思えてくる。

「それが……何か……」

くぐもった声で言い返されて、竹内は衝撃を受けた。

「何で初めてなんだよ？」

ゲイだからだろうか。

思わぬ情報をつかんだような気分とともに、竹内は息をするのも忘れて雅庸の返事を待つ。だが、彼は無言で立ち上がった。

「そんなことは、どうでもいい」

顔も見せずに雅庸はソファの向こうに回りこみ、しばらくしてから部屋を出て行く。

そのまま、彼はずっと帰ってこなかった。まさか泣いていて、顔を洗ったりしているのだろうか。

竹内はモヤモヤするような奇妙な気分になりながらも、脱ぎ捨てられた衣服を身につけていく。縛られていた手首や、不自然な形に固定されていた肩を始め、あちらこちらがぎしぎし痛んだ。

服を着終え、忘れ物はないかとスーツのポケットに手を突っこんだとき、竹内は顔を強張らせた。

——カメラがない……！

小型のカメラと、ライター型の隠し撮り用のカメラと、暗いところでも映る暗視赤外線搭載カメラが三つともない。どれも編集部からの借り物で、それなりに高価な品だと聞いていた。先ほど雅庸が部屋から出て行ったときに、このあたりでゴソゴソしていたようだったのは、竹内の私物をチェックしていたからなのだろうか。

——あのヤロウ……！

なかなか戻ってこない雅庸に見切りをつけて帰宅しようにも、その三つを取り戻さないことには無理だった。

「……くそ……っ！」

苛立ってつぶやいたとき、ドアが開いて雅庸が戻って来た。

着替えたのか、さきほどのスーツよりもずっとラフな格好をしている。表情もかなり落ち着いていて、仕事のときに見せるような冷ややかな表情を浮かべていた。

「遅かったな」

イヤミを言っても全く動じず、顎をしゃくった。

「ついてこい」

その後をついて廊下に出て、階段を下りていく。階下の一室に入ると、そこには瀟洒な応接セットがあり、その端にあったテーブルの上に竹内が隠し持っていた三つのカメラが載せられていた。

「あ、俺の……！」

急いでそれに駆け寄ろうとしたが、雅庸は腕を伸ばして制止した。

「その前に、……話し合おう」

顎で傲慢《ごうまん》に応接セットのソファを指示されては、竹内はそれに座るしかない。さきほどまでは自信喪失して涙目だったくせに、すでにいつもの落ち着きを取り戻している雅庸が少し憎たらしかった。

向かい合ったソファに座り、竹内に冷ややかな一瞥《いちべつ》を投げかけてから、雅庸が口を開く。

「竹内元樹。二十四歳。東京都《とうきょう》新宿区《しんじゅく》在住。身分を照会してみたが、『シティセル』社員でも、うちの子会社も含めたスタッフでもないようだな。ホテルと旅行会社にも確認をしたが、そこの関係者でもない。——何者だ？」

雅庸はその言葉とともに、竹内の免許証をテーブルに置く。カメラがないことばかりに意識を奪われていて、財布の中から免許証を抜き取られていたことまで気がつかなかった。

——何者だと言われても。

どう答えていいのかと悩みながら、竹内は免許証を拾い上げ、財布の中に押しこんだ。

雅庸は返事をしない竹内を前に、応接室のテーブルの端に置かれていたグラスに水差しで水を注いでいる。そういや、喉《のど》が渇いたなぁ、お茶でも出してくれないかな、と考えていると、雅庸は取り出したデジカメのデータカードを三つ、立て続けにその水に落としこんだ。止める間もなかった。

「——っ……！　もしかして、それ」

見覚えがある。竹内が持っていた三つのカメラの写真データだろうか。雅庸は落ち着き払ってうなずいた。

「ああ、おまえのだ」

「なんてことをしやがるんだよ、てめえ……っ！」

竹内はいきなり立って、コップをつかむ。水をテーブルや絨毯に撒《ま》き散らしながらデータカードを拾い出したが、データを保護するプラスチック部分を事前に叩き壊されていたこともあって、完全にアウトなようだった。

そのデータカードをテーブルに叩きつけてから、竹内は向かいにいる雅庸をきつく目で睨み据えた。

「いくら金と権力を持っているからといって、何でもやっていいわけじゃねえぞ」

竹内のほうにも意地がある。こんなことをされて、泣き寝入りすると考えていたら大間違いだ。

雅庸はフンと鼻で笑い、横に置いた封筒から大判に引き伸ばした写真を十枚近くテーブルに投げ散らかした。

「なっ……！」

目に飛びこんできたのは、足を淫《みだ》らに大きく広げた竹内の裸体だ。その目は濡れ、唇は開きっぱなしで、どれだけの快感を得たかを伝えてくる。しかもその足の奥は自分のものではない白濁でたっぷりと濡らされており、いかにも男に陵辱された後だと教えるような扇情的なものだった。

——こんな写真……、いつ……！

記憶がない。撮られたとしたら、最後に達した後だ。一瞬、眠りこんでいたかもしれない。だが、ひどく落ちこんでいるように見えた雅庸が、こんな写真など撮っていたとは知らなかった。

あのとき、自分がどんな姿や表情を雅庸にさらしていたのか、写真によって客観的に思い知らされて、竹内は全身の血が逆流するような感覚にさらされた。憤りに、身体が小刻みに震えてくる。竹内は立ったまま、テーブル越しに雅庸に詰め寄った。

「……口止めとか、……言ってたよな。こんなもので、……俺を口止めできると思ってるのかよ？　それよりも、おまえの失敗のほうが問題じゃないのか？」

暴発のことを匂わせると、雅庸の眉が寄せられた。だが、彼は株主総会のときのように落ち着き払ったままだ。

「私の失敗は、このように画像として残されてはいないから証拠はない。いくらおまえが言いふらそうにも、ほとんどの人間が信じないから意味がない」

――そうかもな。

フンと竹内は鼻を鳴らす。

この美男の三十二歳の総帥が童貞だなんて、誰も信じないだろう。その事実が知れ渡ったら、むしろ総帥の初めてを欲しいという美女が殺到することすら考えられる。考えようによっては、何ら恥じることではないのだ。

竹内と睨み合いながら、雅庸は言葉を継いだ。

「私のストーカーとか言っていたが、三週間ほど前からこそこそ私を嗅ぎ回っていたそうだな。警備の者はおまえのことをパパラッチだと言っていたが、そうなのか？」

質問する形を取ってはいたが、すでに確信を得ているような口調だった。この男がその気になれば、竹内の住所氏名を手がかりに、関係している編集部や仕事先など、全てを芋づる式に知ることができるだろう。

竹内は明言を避けた。

「俺のことはどうでもいい。……それよりこのエロい写真を、何に使うつもりだ？　これはおまえの暴行の証拠に他ならないし、出るところに出てもいいんだぜ」

竹内の目と雅庸の目がバチバチ火花を飛ばし合う。

雅庸が押し殺した声で言った。

「口止めだと言ったはずだ」

「口止めも何も、そもそも俺は、あの下着の持ち主を紹介してもらっていない」

竹内は正直に、その事実を告げることにした。

雅庸が衝立の向こうに隠した恋人の存在を探るために知っているようなフリをしたが、ここまでやっかいなことになってしまったからには一度リセットする必要があった。

だが、それを告げられた雅庸は劇的なショックを受けたらしい。

「下着の……持ち主を……知らない…？　本当か、それは」

雅庸の端整な顔がすうっと青ざめる。

何も知らないと告げるのは悔しかったが、竹内はうなずくしかなかった。

「ああ、知らない。あの衝立の奥に隠してあったんだろ？　けど、おまえが邪魔で見えなかった。何でも知ってるように見せて、おまえの口からネタを吐かせようとしただけで、実際には何かを見たわけじゃない」

その言葉に雅庸は目を見開き、呆然《ぼうぜん》と繰り返した。

「……そう……か。何かを見た……わけじゃ……ないのか」

肩の力が抜け、その逞しい全身からも張り詰めたものが消えていく。

そうか、そうか、と何度もつぶやきながら、雅庸は動揺を表すように髪をくしゃくしゃと掻き混ぜた。だが、次の問題に彼は直面したらしい。

「……何も知らないのに、私はおまえにあんなことをしたわけか」

つぶやきとともに、雅庸はまた深い憂鬱《ゆううつ》を抱えこんだようだ。勘違いであんなことをしたことに対して、消え入りたいほどの情けなさを覚えているようにも見えた。

めまぐるしく変わる雅庸の表情を呆然と目で追っていると、雅庸は不意に立ち上がった。

「ちょっと待ってろ。埋め合わせをする」

そう言い捨てて、猛然と部屋から出て行く。

しばらく帰ってこない。

その間、竹内は狐《きつね》につままれたような気分で一杯だった。

——何なんだ、あいつは……！

今度こそ、帰宅してもいいような気がしてくる。データカードをめちゃくちゃにされたが、カメラ本体は戻って来た。だが、データカードは高価だ。自分の財布の中に残る三千円では、新しいものは買えないだろう。

しかも総帥邸の内部写真だけではなく、株主総会の写真もこれでアウトだ。写真がなければ、記事にならない。

——埋め合わせをするとか言ってたな。

あんなことをされた腹立ちは残っているが、プライドでメシは食えない。ここは土下座してでも、雅庸にインタビューさせてもらうべきではないかと考えた。童貞という秘密を明かすかどうかはともかく、女性の好みや趣味、休日の過ごし方など、プライベートの情報を教えてもらって、写真を取らせてもらえたらいい記事になる。

——華麗なる女性遍歴、ってわけにはいかないだろうけど。あれ……？

ふと竹内は妙なことに気づいた。あの赤いブラの持ち主が恋人だとしたら、どうして雅庸は童貞なのだろうか。下着を脱がす仲だというのに、まだ肉体関係には至ってないのだろうか。

いろいろ考えているとき、雅庸が戻ってきた。

「あの……」

インタビューのことを切り出そうとしたとき、テーブルに札束が投げ出された。

「ん？」

竹内の瞳孔《どうこう》が開く。これは、竹内が世界で一番好きな物だ。現金の、しかも一万円札の束。帯封一個だから、百万円。

「何これ。中身、全部金？　上の一枚だけ本物で、後は新聞紙？」

滅多にお目にかかる機会がなく、信じられない気持ちで手を触れずにこわごわ尋ねてみると、さきほどまでの席に座った雅庸が帯を破り、札をテーブルにぶち撒けた。

「なっ……！」

これはいったい、何が起こっているのだろうか。

手が届くところに現金があると思っただけで、それをかき集めたくて全身が熱くなった。だが、必死でそれを止める。

雅庸は高々と足を組みながら言った。

「詫《わ》びだ。おまえをうっかり犯した慰謝料として用意した。これを支払えば、さきほどの私の暴行については、なかったことにしてもらえるだろうか？」

「うっかり犯した慰謝料……？」

『うっかり』という部分が気になるし、このふんぞり返った態度も気になるが、だとしたらこの金は自分のためのものということになる。

——だが、待てよ。

さきほどまでの雅庸は、口止め口止めと口走り、そのこと以外は考えられずにいたようだった。

そんな男がいきなり態度を一変して、賠償のための金を準備するなんて、何かが変だ。

だが、むしろ今の雅庸のほうが普通で、さきほどは尋常ではない状態にあったと考えるべきなのかもしれない。そこまで恋人の存在は秘密なのだと思うと、やはり未練が残った。

身体の周囲に撒き散らされた一万円札に意識を奪われつつ、竹内は慎重に確認することにした。金は大好きだが、それに釣られてはいけない。金を優先させるとたいていろくな結果にならないことを、今までのしょっぱい人生で思い知らされていた。

「ちょっと確認させてもらえるか?」

「何なりと」

雅庸は身体の前でゆったりと指を組み合わせた。いつもの雅庸だ。

「おまえは俺に、重大な秘密を知られたと思った。だからこそ、どんなことでもして口止めするために、俺の話などまるで聞かずに押し倒した」

雅庸はうなずいた。

「そうだ。何をしてでも、おまえを口止めしなければならないと思った。だが、それは誤解だった。誤解だとわかったから、詫びをする。どうか、その金を受け取ってくれ」

尻を狙われるという、男として最大の危機に直面させられた直後だ。金なんかで懐柔されるか、とテーブルをひっくり返して出て行きたいが、撒き散らされている一万円札は喉から手が出るぐらい欲しい。十万円ぐらいでも竹内の理性を痺れさせるには十分だというのに、その十倍なのだ。この現金を受け取れば、わざわざ女性誌にインタビュー記事を書かなくてもすむだろう。

――これさえあれば、当面しのげる……。

心は揺れ動いたが、ジャーナリストの端くれとして口止め料を受け取るわけにはいかない。だが、金が欲しい気持ちが、竹内に別の言い訳を与えてくれる。

口止め料ではなく、自分に淫らなことをした慰謝料という名目なら受け取れるはずだ。

「……これは、口止め料ではなくて、慰謝料か？」

まずは、慎重に確認することにした。

四畳半一間のボロアパートの家賃を何ヶ月分もためていて、大家が催促に来るたびに居留守を使う毎日だ。空腹のあまり脇腹が痛く、お腹いっぱい牛丼を食べたい欲望に流されそうだ。

他にも切実に、金が必要な理由もあった。

それなりに稼げるようになりつつあるのに、竹内がいつまで経《た》っても貧乏なのは、数年前に再会した父の治療費がかさむからだ。アルコール依存症の更正施設に入れてはいるが、そこの支払いも滞りつつある。その施設を追いだされたら、どこにも行き場がない。

竹内の顔を見据えながら、雅庸が心を読んだようにうなずいた。

「そうだ。慰謝料だ」

口止め料なら受け取るわけにはいかないが、慰謝料なら問題ない。竹内はうなずいた。

「慰謝料なら受け取ってもいい」

「ならば、これで今日のことは互いになかったことにする。いいな」

うなずくと、雅庸は立ち上がって応接室の端にある暖炉に火を起こし、竹内の淫らな写真を焼いた。さらにそれを撮影した自分のカメラをテーブルに置いて、そのハードとソフトからデータを消去する過程を見せる。最後にさきほどと同じように、データカードをカメラから取り出して破壊してから、水に浸けた。

それから、雅庸は冷ややかに言った。

「弁護士を呼んでおいた。さきほどの慰謝料の受け取りのサインをしてくれ。口止め料というわけではないが、私と関係を持ったことについては、他言無用だ。妙なことになったら、我が飛鳥沢グループの総力をあげて、おまえにそれなりの礼をさせていただく」

――礼だと……？

ゾッとするような言葉を残して、雅庸は部屋から出て行く。その態度はどこかよそよそしかった。

総師の姿を見送ってから、竹内は大きく息をついた。

——金が入ったのは、嬉《うれ》しいけど。

だけど、何だか複雑な思いが胸に残っている。雅庸の秘密をあと少しのところで逃した。

その未練が消えない。

〔二〕

竹内は弁護士を交えて、示談書を交わすことになった。

金を受け取ったのに、今日あったことを口外したり、記事にするようなことがあったら、訴えてやるとやんわりと脅された。

サインをしてから、竹内は戦利品の百万を懐にねじこんで総師邸から出て行く。

とにかくめちゃめちゃ腹が減っていた。家に戻っても、冷蔵庫は空だ。とにかく、まずは腹の中に何か詰めこみたかった。牛丼屋で嫌というほど飽食したい。

総師邸のゲートで一番近くにある牛丼屋の場所を聞き、徒歩十分というその距離を遠く感じながらも、そこまで歩くことにする。歩きながら、牛丼屋の蜃気楼《しんきろう》が遠くに見えるようだった。

そんな竹内の横に車がすっと並ぶ。

「今、総師邸から出てきたな」

車の中からいきなり声をかけられて、竹内は顔を向けた。

高級そうな黒塗りの車で、後部座席の窓が開いている。そこから声をかけてきたのは、スーツ姿の男だ。三十歳前後で、身なりがいい。

だが、竹内の頭にあるのは牛丼のことばかりだった。

百万円あれば、三百八十円の牛丼が二千六百三十一杯食べられる。もちろん家賃も滞納しているし、父親が入所している施設への支払いもあるから、全てを牛丼に使うわけにはいかない。だが今日ばかりは後のことは考えずに牛丼を食べてもいいだろう。

――大盛り……！　いや、特盛り……！　それどころか、牛皿を追加で頼んで、半熟卵六十円もつけるか……？

あまりの贅沢に目眩《めまい》がし、生唾がこみあげる。

答えずに歩き続ける竹内に、高級車から男の声が追いすがった。

「おい。おまえは、このところ総帥邸の回りをうろついていた男だよな？　ちょっと話があるんだが」

竹内は車の中のしつこい男に乱暴に言い捨てた。

「うるせえよ！　俺は牛丼を食べに行くんだから」

「牛丼？　だったら、奢ろうか」

――奢り……？

竹内の足がピタリと止まり、それを口走った車の中の男を凝視する。車も停まった。奢りという言葉は大好きだが、ただより高いものはないことも知っている。奢られるときには、その相手と目的をちゃんと見極める必要がある。

黒塗りの高級車といい、白手袋の運転手といい、話しかけてきた男の身なりといい、金を持っていそうなのは明らかだ。そして自分に声をかけてきたのは、あの総帥邸に関わるネタらしい。

まじまじと顔を覗きこむと、雅庸と目のあたりが似ているような気がした。

――まさかこいつ、飛鳥沢の人間か……？

「そっちは、総帥とはどんな関係？」

男は眉を上げた。

「雅庸とはいとこだ。何かいいネタがあったら、俺が高値で買い取ってやる」

その内容を検討しようとしたとき、竹内の腹が男にも聞こえるほどの音で鳴った。男がそれを聞きつけて、クックッと笑う。

「総帥邸では、何も出してもらえなかったのか？　近くに行きつけの店があるが」

「牛丼がいい」

「だったら、牛丼屋に行こう」

「奢り？」

「ああ。いくらでも食え」

「連絡先を教えてもらえるか」

竹内はまだ信用してはいなかった。

後部座席の男は懐から名刺入れを取り出し、車窓から差し出す。竹内はそれを受け取った。

――飛鳥沢恒明《つねあき》、か。

飛鳥沢のマークが金の箔《はく》押しで記された名刺には、飛鳥沢不動産活用推進第一部部長、という肩書きが記されていた。

そのとき、道端で停車した黒塗りの車の後ろに乗用車がやってきた。クラクションを鳴らされて、恒明は竹内に向けて顎をしゃくる。

「乗れよ。店まで連れってやる」

ためらいもあったが、竹内は思いきってその車の後部座席に乗りこむ。

徒歩十分の牛丼チェーン店まではあっという間だった。

ガツガツガツとものすごい勢いで牛丼大盛りをたいらげていく竹内の横で、恒明は物珍しそうに店内を見回していた。

このような牛丼チェーン店に来るのは初めてなのかもしれない。店のシステムも知らず、竹内に引きずられるがままだった。

とりあえず大盛りを空け、少し考えて牛丼の並を追加でオーダーしてから、竹内は「で？」と隣の男を急《せ》かす。

お昼時には満席になるだろうこの店も、午後四時を少し過ぎたばかりの時間だからガラガラだ。

「ん？」

「ネタを買いたいとか言ってたけど」

「その前に、おまえの素性を知りたい。総帥邸の周りをうろつくパパラッチかと思いきや、今日はその中から出てきたようだな。何かいいネタでも嗅ぎつけたのか？」

「俺は、とある編集部の契約記者」

名刺を持っていなかった竹内は、何か書くものはないかと尋ねて、竹内は渡された手帳の空白欄に、自分の関係している編集部と連絡先を書いた。それなりに世間では認識されているゴシップ誌だ。

それを見て、テーブルに置かれた牛丼の並の丼をつついていた恒明は警戒を解いたようだ。

「どんなネタだったら、高値で買ってくれる？」

竹内のほうから探りを入れてみた。

恒明は小狡《こずる》そうに笑った。

「雅庸は品行方正だろ？　だけど、俺はあいつを総帥として認めていない。俺だけではなく、大勢の人間があいつのことを総帥として不適格だと思うようなネタがあれば最高なんだが」

恒明のスタンスが簡単に理解できた。この男は雅庸のライバルであり、蹴落として自分が総帥になりたいのだろうか。竹内に声をかけてきたことを思えば、切実にネタを欲しがっているのだとうかがえた。

「けど、総帥の下半身事情は、いとこであるあんたのほうが、ずっと詳しいでしょうが」

お代わりした牛丼の上に生卵を割り落としながら、竹内は恒明がどこまで事情通だか探ろうとした。

だが、彼は大仰にかぶりを振るだけだ。雅庸とは顔のパーツがかなり似通っているのだが、隙のない端整さを感じさせる雅庸とは微妙にバランスが異なっていて、恒明はどこか間延びした印象があった。

「残念ながら、あいつが二十二歳で総帥になってから、浮いた噂《うわさ》は一切ない。聖人じゃないだろうから、この十年間、それなりに相手がいないのは不自然なはずなんだが。あいつはモテるしな」

「情報収集不足ということでは？」

童貞だと雅庸が告白したことは慎重に隠して、竹内は聞いてみた。

「一時期、あいつの家にメイドを送りこんで調べさせたことがある。だけど、恋人はもちろんのこと、玄人の女さえ出入りした形跡がない。あいつの身の回りの世話をするのは忠義一筋の執事に限られ、メイドが働く時間は雅庸が出社している時間ばかりで、半年いても雅庸の顔を見たのは一度か二度ぐらいだったとか」

人の気配がほとんどなかった総師邸は、そのせいだと納得できた。あまり人と関わりたくない雅庸が、意図的に人払いしているようだ。

「まさか、男が好きだとか……?」

竹内はさり気なく口に出す。本人にははぐらかされたが、そんな噂もあるのだろうか。

だが、恒明は肩をすくめただけだった。

「男も女も、とにかくあの総師に浮いた話は一切ない。たまに探偵やパパラッチが張りつくこともあるんだが、ネタをつかめたようすがない。だからこそ、総師邸の中に入ったおまえは、何かネタをつかんでいるんじゃないかと期待したんだが」

「残念ながら、何も」

今日あったことは、示談書を交わしているから誰にも話せない。

だが、それで納得するつもりはないらしく、恒明は猜疑心《さいぎしん》の強そうな眼差《まなざ》しを向けてきた。

「だったら、何で総師邸に?」

「今日の株主総会の後で、荷物を持てと命じられただけですよ。それでうまく入りこんで、何か探り出せればと思ったのに、あっさり追い出されただけで」

恒明は納得していないような顔をしていた。

「だったら、これからでもいい。ネタをつかんだら俺に売れ。次の日曜日に一族の観桜会がある。やる気があるのなら、その招待状も世話してやる。一族の人間が大勢やってくるから、おまえのようなプロならいいネタが拾えるかもしれない。記者とわからないような格好をしてくるんだな」

そんな誘いをかけられては、竹内の中の好奇心が疼《うず》かないわけがない。

――やりたい……！

何だか妙なことになったが、今日の出来事によって雅庸への興味を強く刺激されていた。雅庸には秘密がある。それを知られたと思っただけで、あれほどまでに我を失うほどの秘密が。

慰謝料として百万円をポンと差し出すぐらいなのだから、真の秘密をつかんだときにはどれだけの金を吐き出すだろうか。

――おそらく、一生遊んで暮らせるぐらい。

ごくりと、竹内は生唾を飲んだ。

そうしたら、一生貧乏とは無縁になれる。百円で何食食べられるかと食材ごとに一覧表を作成しなくてもいいし、父親の面倒を見るのに金の心配をせずにいられるだろう。

さらに続いた恒明の声が、竹内を強く刺激した。

「来月、十年に一度の総帥選がある。それまでにいいネタを提供してくれたら、高級車の一台ぐらいは買えるぐらいの礼をする」

——何だと……！

「中古じゃなくって、新品の高級車？」

「ああ」

「具体的には、七、八百万前後？」

「……まぁ、それくらいだな」

竹内は目眩を覚えた。

この男に実際にネタを提供するかどうかはともかく、観桜会に潜りこませてくれるというのなら、それを逃がす手はない。一族のメンバーが揃《そろ》っている場に踏みこめば、それなりの噂を聞けたり、人間関係を把握できるだろう。

竹内は牛丼の残りを掻きこみ、さらにはお土産の牛丼まで奢ってもらって、ほくほく顔で恒明と別れた。

それから四日後。

飛鳥沢グループ主催の、観桜会の日だ。そこには一族の人間だけではなく、この一年、世話になった相手や関連会社、それに飛鳥沢が後援している学術・芸術・スポーツの諸団体や、社会貢献団体の人間も招待されているらしい。その情報を、竹内はインターネットで入手した。もっと身内の集まりだと思っていたが、招待客は千人近いらしい。

案内状の地図を見ながら時代がかった黒い巨大な木製の門に近づくと、受付があった。竹内が招待状を差し出すと庭園の地図と案内を渡され、中に入ることを許される。

見回す限り、招待客は皆、金のかかった服装をしていた。竹内も今日は借り物のスーツ姿だ。編集部員の一張羅だそうで、少々サイズは合わなかったが、仕立てのいいダークスーツに、シルバーのアスコットタイ。それにグレーのベストとポケットチーフを合わせている。髪型もいつもよりもキッチリと撫《な》でつけてあった。

このような格好をすると、もらい物や古着しか身につけたことがない自分でも、それなりに見えるから不思議だ。

雅庸には見つからないようにと恒明からは言われていたが、これだけの人がいれば、そう簡単には気づかれないだろう。

黒塀で覆われた敷地内に、広大な庭園があった。高低差のあるもともとの地形を生かし、竹内が入った門からは日本庭園、別の門から入れば英国式の庭園が広がっているらしい。日比谷《ひびや》公園ほどの広さがあるというこの敷地内には、噴水や音楽堂、いくつかの建物やあずまやが点在しているようだ。

今回は観桜会ということで、桜並木があるあたりが中心会場らしい。他にも紅枝垂れ桜があるところや、樹齢二千年の山桜を移植したというスポットが地図には記されている。

他の招待客の後を追って真っ白な砂利が敷き詰められた道をしばらく進むと、水面が見えてきた。この広大な池を中心として、この一帯に日本庭園が広がっているようだ。

――これ、維持管理費だけで、いくらかかるんだ……？

庭園に見とれるというよりも個人所有とは思えない庭園にかかるであろう費用に圧倒されている間に、竹内の脇を招待客が次々と通り抜けていく。すでに大勢集まっているようだが、何せ敷地がとても広いので、あまり人がいるようにも見えない。

観桜会の開会は三時で、夜の十一時まで続くらしい。招待客はいつ来ていつ帰ってもいいシステムだそうだが、夜桜もライトアップされて大変に美しいと恒明は話していた。

――夜桜なんて愛でるほどの人生の余裕は、今までなかったけどね。

庭を横切り、人々が向かっているほうに歩いていくと、そこには祭り屋台が並んでいた。その匂いにつられてフラフラと近づくと、ホテルのシェフが忙しく料理を作っている最中だった。

緋毛氈《ひもうせん》とテーブル、真っ赤な日傘といった休憩スペースもあちらこちらに設けられており、竹内はまずは腹を満たすことに決めた。全て無料だそうだ。

さすがは五つ星ホテルの出店だけあって、陶器の皿に乗せて出される高級感あふれる焼き鳥は肉が柔らかく、塩で食べたら最高だった。竹内はそこから動けなくなり、立て続けに十本たいらげる。それから寿司《すし》の屋台に移動し、極上のネタのウニを同じく十貫ぐらい食べた。

続けてステーキやフカヒレもたらふく食べてからワインや日本酒を飲み、さすがに腹一杯になって休憩することにした。ようやく周囲の人々の声が耳に入ってくるようになる。

だが、飛鳥沢グループに近い人間はもっと遅い時間にならないとやって来ないらしく、じっとしていても大した話は耳に入ってこない。

早く来すぎたようだが、それでもこのご馳走《ちそう》は素晴らしい。

風に乗って、雅楽らしき演奏が遠く聞こえてきた。

観桜会という性質上、式典のようなものはないらしく、三々五々集まって桜を十分に愛で、そのうちに姿を見せる総帥や飛鳥沢グループの人々とつながりを深めるという集まりだそうだ。

テレビで観《み》たことのある政財界の大物の姿を遠くから眺め、雅庸のプライベートを知っていそうなものはいないかと、会場を渡り歩く。

竹内は飛鳥沢グループの内幕についての話を、あらためて調べ直していた。

そもそも雅庸があの若さで総帥の座を継いだのは、前総帥である父親とその妻が、自家用ジェットの墜落事故で亡くなったからだ。その急死を受けて、後継者をめぐって大騒ぎとなった。

飛鳥沢グループの総帥は、世襲制ではない。

直系が株の大半を所持しているので発言権は非常に強いが、一族の主要メンバーが選挙権を持つ『総帥選』によって、総帥は十年ごとに選ばれるそうだ。

両親が急死したとき、雅庸は大学を卒業したばかりの二十二歳だった。

当時の雅庸には、あまりいい噂がなかったそうだ。真面目で勉強もよくできるが、あがり症で人前に出ることを好まない。東大を首席で卒業したときのスピーチもさんざんで、野次《やじ》が飛んだそうだ。だが、総帥選前の候補者によるスピーチで雅庸は花開き、居並ぶ大勢の人々を圧倒したという。飛鳥沢一族の主要メンバーの、この男に賭《か》けてみようという信頼を得るに足るスピーチであった。

来月の頭に再び総帥選が行われる。

雅庸はこの十年で着々と足場を固め、再選されるだろうというのが大半の意見だ。だが、対抗馬として飛鳥沢恒博《つねひろ》が立候補を表明しているそうだ。

それが、恒明の父親だった。

雅庸の父親の代から、総帥の座を巡って確執があったらしい。前回の総帥選でも、あのような若造に飛鳥沢を任せるよりは自分を選んで欲しいと一人一人説得に回ったそうだ。それだけ聞けば、どうして恒明が雅庸のゴシップを欲しがるか明白だった。

——なるほどな。

父親である恒博はそれなりに有能な男として認められているそうだが、息子の恒明は役立たずのぼんくらだという評価ばかり耳にする。勘違いした言動が多く、仕事もできないのだが、さすがに飛鳥沢直系だけあって職場では持てあまされているそうだ。

——そのぼんくらの恒明は、もう来てるのかな？　見回しても見あたらない。視線の先にお好み焼きの屋台を見つけて、竹内はふらふらとそこに誘われていった。

午後五時近く。

日が長くなっていたから、暗くなるまではまだ少しある。

雅楽の演奏が一段落したとき、ひときわ華やかな気配とともに雅庸ご一行が池のほとりに姿を現したのに竹内は気づいた。

大勢の人々の中心には、雅庸と車椅子に乗った威厳のある老人がいて、その背後に品の良さそうな婦人が付き添っている。

一行は近づいてきた招待客と挨拶を交わしながら、ゆっくり進んでいるようだ。

竹内は持参した一眼レフのカメラを取り出し、人垣が途切れたタイミングに合わせて雅庸の姿を撮影する。

今日の彼は仕立てのいいダークスーツ姿で、艶《あで》やかな和服姿の美女が付き従っていた。一見、公認の恋人のようにも見えたが、二人の肩の距離や雅庸の素っ気ない表情をじっくり観察していると、特別な関係というわけではなさそうだ。

美女のほうは何かと雅庸に微笑みかけていたが、雅庸の表情は冷ややかだった。

――何だろうな、あの態度。

竹内を抱いたときの雅庸は情熱的だった。あのがっついた態度から考えると、セックスが嫌いなわけではなさそうだ。だったら、どうしてこのチャンスをものにしないのだろうかと不思議に思いながら、竹内はレンズを覗き続ける。望遠レンズ越しに表情の変化がつぶさに観察できた。

――こういうところに出席するのが、嫌で嫌でたまらないって顔だよな。

竹内は一通りの撮影を済ませてから、周囲の噂話に耳をすました。総帥選という言葉を聞きつけて、竹内はその男たちの会話が聞こえるところに近寄った。

「雅庸が……」

「次の総帥選では、必ずや恒博様が」

――恒博の取り巻きの一団か……。

彼らからはさして実のある内容は聞けなかったが、恒博を擁立する一団も確かに存在するのだと思い知らされる。隙あらば、何かと足を引っ張ろうと手ぐすねを引いている人々がいるのだから、雅庸も大変だ。

雅庸たちの一団はさきほど見たときからあまり進んではおらず、竹内は彼らとは別の方にブラブラと庭を歩いて行った。

まだろくなネタが拾えていないが、夜桜タイムに賭けることにした。坂を上りつめたところに木製のベンチがあり、そこに寝っ転がる。池を見下ろす位置にあって見晴らしも良く、日本庭園の向こうの重なり合った濃い緑の向こうにそびえ立つ高層ビルが見えた。

近くに滝でもあるのか、水音が聞こえてきた。

いい感じに酔っぱらった竹内はその音を子守歌代わりに、ぐっすりと眠りこんでいた。

ふと目覚めると、明るかった周囲はすっかり闇《やみ》に包まれていた。とはいっても東京はネオンで空が明るく、さほど闇は深くない。

その上、観桜会中は庭園全体に照明が施されていた。池の周りや歩道の要所要所に灯《あか》りが灯され、池沿いにある夜桜が美しく浮かびあがる幻想的な眺めとなっていた。

遠く雅楽の演奏が流れ、まだまだ人々は大勢残っているらしい。

竹内はネタを仕込むために、人の多いところまで下りていこうとした。今居るところと池とは、かなりの高低差がある。

ごろごろと配置された岩を回りこみながら、池を目指して下りていく。水音がさらに近くなったから、滝がそばにあるのだろう。

そのとき、竹内はハッとして足を止めた。

流れを覗きこむように、水辺の濡れた岩の上に雅庸がたたずんでいたからだ。

周囲には他にも巨大な岩が配置され、そこからの水の流れが照明に照らされて美しい情景を作り出していた。

このまま進むと、雅庸の目と鼻の先に姿を現して流れを渡らなくてはならない。去るまで待っていようとしたが、雅庸はなかなか動かない。諦めて別の道を通ろうと引き返しかけたとき、ばしゃんと大きな水音がした。

——え？

もしかして、すべりやすくなっていた水辺の岩で足をすべらせたのだろうか。ようすを見るために、竹内は慌てて引き返す。

水流に半ば流されて、立ち上がれずにいる雅庸の姿が見えた。

——危ない……！

思うなり、竹内は隠れていたことも忘れて飛び出した。カメラだけ地面に放り出し、靴のまま流れに飛びこんで、バシャバシャ中を歩いて行く。浅瀬から流されかけている雅庸に追いつき、その手首をつかんでどうにか引き止めようとしたが、その身体の重み以上に強い力がかかって、竹内の全身が水の中に呑みこまれる。

「っく……！」

水を飲んで息が詰まり、全身のバランスが取れないまま雅庸とともに流されていく。そのまま何メートルか流された後で、不意に身体が宙に浮いた。滝から落ちているのだと気づいたのは、その落下の最中だ。だからこそ、大の男が起き上がれないほど流れが急になっていたようだ。

落ちていく最中に雅庸と手が離れ、いったん水の中に深く沈んだが竹内は水を掻いて浮き上がった。滝壺《たきつぼ》の部分だけ深くなっていたようだが、その他の部分は大した深さはないらしく、すぐに立ち上がることができた。落ちたのはずっと見ていた大きな池だ。噎《む》せながら雅庸を捜すとすぐそばにぽっかりと浮かんできたので、意識を失っているらしい雅庸の身体を肩に背負って、水辺まで歩いて行く。

水は肌を刺すほどに冷たく、ガチガチと歯が鳴っていた。

濡れ鼠《ねずみ》のまま岸に上がって、竹内は周囲を見回した。

このアクシデントに気づいた人が多いらしく、池の対岸が大騒ぎになっていた。だが、こちら側にたどり着くまで多少の時間がかかるようだ。

——とにかく俺が、どうにかしなくちゃ。

息が切れまくっていたが、自分のことは気にせず、まずは雅庸を岸辺に仰向《あおむ》けに転がしてから、強く頬を叩いて意識を取り戻そうとする。だが、息すらしていないことに気づいて、竹内はゾッとした。

——マジかよ……！

とにかく、呼吸をさせなければならない。焦りながらその身体に馬乗りになり、以前TVで見た心肺蘇生法を思い出しながら、胸のあたりをぐいぐいと押した。

寒いのか怖いのかはわからなかったが、歯がガチガチ鳴って止まらない。全身も小刻みに震えていた。こんなにあっさりと人が死ぬなんて、信じられない。しかも、自分と一度は縁のあった人間が。

「っう、……っぐ……っ」

それでも懸命になって救命をしていると、不意にごほごほと雅庸が咳《せき》こんで、口から水を大量に吹き出した。

「よか……た……」

思わず竹内の口からつぶやきが漏れる。死なずに済んで、ホッとした。

そんな雅庸の呼吸をもっと楽にさせようと、竹内は襟もとに手を伸ばした。結び目が固くなっていたが、ネクタイを抜き、ぐっしょり水を吸ったベストの一番上のボタンを外す。

そのとき、手が止まった。

ベストの下のシャツを透かして、その下に着ているものがうっすらと浮かびあがっていたからだ。胸元から鎖骨にかけて、青っぽいレースのリボン状のものが透けてみえた。

——これは……。

竹内の目がそこに吸いこまれる。目には映っているのに、それが何なのか具体的に理解できない。

「雅庸様……！　大丈夫ですか……！」

そのとき、駆けつけてきた男たちが、呼びかけてくるのが聞こえてくる。その先頭にいるのは、どうやら執事らしい。

竹内はごくりと息を呑みこみ、今見ているものの正体をしっかり確認しようと、雅庸が着こんでいるベストのボタンをさらに外してみようとした。それさえはだければ、下に着ているものがよく見えるだろう。だが、その前に手首を強い力でつかまれた。

「……っ」

見下ろすと、雅庸が薄く目を開いている。

意識が戻ったのかと、ようやく心からホッとできた。

「気がついたか。今、人が来る――」

「いいか、バラしたら、……殺す」

きつい眼差しで睨み据えられる。いきなりそんなことを言われた。

竹内が秘密を知ったことに気づいたのだろう。

雅庸の尋常ではない表情と、手首に食いこむ指の力の強さによって、彼の本気が伝わってきた。

ぞくりと背筋に寒気が走ったとき、叫ぶような声と身体がすぐそばから割りこんできた。

「ぼっちゃま！　ぼっちゃま！　ご無事ですか！」

タオルを持った執事が、雅庸の身体を大切そうに包みこむ。執事はぶっ倒れてしまいそうなほど、息を切らしていた。

「ああ。……大事ない」

なおもケガはないか、気分は悪くないかと尋ねる執事からだいぶ遅れて、他の男たちも駆けつけてきた。彼らからタオルを受け取って、竹内はずぶ濡れだった髪や身体を拭《ふ》いていく。

借り物のスーツ一式が、ダメになっていないかと心配だった。

雅庸は濡れた髪をかきあげながら、のっそりと上体を起こす。動くたびにぽたぽたと二人から水滴が滴った。まずは着替えをして、熱いシャワーを浴びないと風邪を引くだろう

という心配はあったが、同時にさきほど見たものが竹内を興奮させていた。

雅庸はそんな竹内を牽制《けんせい》するように鋭い視線を投げかけながら、口を開いた。

「不覚を取って、滝から落下した。観桜会は中座する。そこにいる彼が、私を助けてくれた。いわば命の恩人だ。彼から目を離さず、屋敷で丁寧にもてなしてくれ」

「かしこまりました」

執事が応じる。目を離すなというのは、恩を返したいというよりは、秘密を知ったものをそのまま逃がすつもりはないという意味だと竹内には理解できた。

大勢の人たちに取り巻かれながら、竹内たちは一番近くの門から退出する。そこに手配されていた車の後部座席に、竹内は何枚ものバスタオルに包《くる》まれ、雅庸と並んで乗りこむこととなった。

乗ったのは、二人と運転手の他には執事だけだ。

「どちらに向かいます？　まずは、一番近い周南邸《しゅうなん》に？」

「いや。家まで——」

執事の質問に答えかけた雅庸は、ハッとしたように濡れた前髪を竹内に向けた。目が合うと、尋ねてくる。

「いいか、私の家で？　二、三十分ほどかかると思うが」

竹内もずぶ濡れだったから、そこまで我慢できるかどうか、確認したかったのだろう。

「ああ。大丈夫」

体力には自信があったし、車の中は暖かい。それに雅庸と秘密の件で、じっくり腰を据えて話したい気持ちがあった。そのためには、総帥邸が最適だろう。

「そもそも、どうして滝などに落ちることに……」

執事の質問に、雅庸が足をすべらせただけだと説明している。どうやらあの滝の上は絶景で、人が落ちる事故もごく稀《まれ》に起きるらしい。だからこそ安全のために、滝壺が深くされたそうだ。

「で、救助してくださったこの方は」

執事に水を向けられて、竹内はどう答えようか焦った。執事とは株主総会のときにチラリと顔を合わせているのだが、記憶されてはいないようだ。その間に、雅庸が質問を割りこませた。

「そもそも、どうしておまえは今日の観桜会に潜りこんだんだ？」

「それはその」

「うちの観桜会は、招待状がなければ入れない。誰かと一緒だったのか？」

「いや、その」

恒明の名は出せずに適当にごまかそうとしたが、雅庸は追及を緩めない。

「今日は、カメラは持ってないだろうな」

その質問に、竹内はハッとした。

滝に落ちそうになった雅庸を助けるために、カメラを地面に投げ出したまま忘れていた。

「……カメラ、……忘れた」

竹内はうめく。

カメラの回収を頼めば、画像はまた消される。それでも、借り物の高価な一眼レフを失うよりはマシだ。

「どこに?」

「滝の上。剝《む》きだしの一眼レフ。回収してくれ――」

「やっぱり、カメラ持参か」

呆れたように、雅庸は深いため息をついた。執事にカメラを回収するように命じてから、冷ややかに竹内に言ってきた。

「私をつけ回すなと、何度言ったらわかる」

「それが、助けてやった相手に対する態度か? 水中から引き上げたときは、呼吸が止まってたんだぞ。それを必死で……」

逆ギレして返すと、雅庸は一瞬黙った後に軽く頭を下げた。

「礼を言う」

だが、雅庸の態度は固いままだ。ひとときたりとも竹内から視線を外さず、まるで油断のならない外国のスパイをどう尋問しようかと考えているようにも見えた。

執事がのほほんと口を挟んだ。

「この方がいらっしゃらなかったら、恐ろしい事態になっていたことも予想されますね。何しろ雅庸様は、泳ぐことができないのですから。私からも心からの感謝を」

――泳げない？

容姿や才覚に恵まれて運動神経も良さそうな雅庸が、意外な弱点を持っていることに竹内は驚いた。

思わず表情を和ませると、雅庸がムッとしたように言った。

「バカにしたな」

この総帥の思わぬ子供っぽさにさらにニヤニヤしてやると、雅庸の表情はますます強張った。

他のことは完璧にできるだけに、この総帥は自分のできないところが気になってならないのかもしれない。秘密を知られたことで居心地悪くなっている雅庸のようすに、竹内は可愛《かわい》さのようなものすら覚えた。

「ケガがなかったのは何より」

ことさらにこやかにそう言うと、雅庸は不愉快そうに眉をひそめた。

それっきり一言も喋らない。

総師邸までたどり着くと、硬く閉ざされていたゲートは竹内の前で再び開いてくれた。そのことにたわいもなく、竹内は感動するのだった。

総師邸に到着すると、前回は姿すら見えなかったメイドがわらわらと出迎え、竹内を二階の客室へと案内してくれた。

そのバスルームにはすでに熱い湯が張られており、竹内はそれに浸かって身体の芯まで温まる。

——極楽。

ホテルみたいだ。

いい匂いのする高価そうなアメニティも使い放題だし、ふかふかのバスローブやタオルにも感動する。

十分にリラックスしてから部屋を出ると、メイドが熱いココアを準備してくれた。

すごいもてなしだと幸せになりながら、竹内はバスローブ姿で客室内をうろつく。通されたのは初めて総師邸にやってきたときにこっそり撮影した部屋の一つで、似たような客室が三つ並んでいたはずだ。

客室は広く、大きなベッド以外に机や応接セットがある。ココアを飲みながら壁にかかった高価そうな絵画を覗きこんでいると、雅庸が姿を現した。

「おまえと話がある」

――来たか……！

竹内はゴクリと息を呑んだ。客室の応接セットに向かい合って座る。

雅庸も風呂に入って着替えたようだが、髪がまだ濡れたままの竹内とは違って、隙なく身なりを整えていた。自分の家の中だというのにスーツ姿なのは、これからの話に備えての武装だろうか。

「何を見た」

固い口調で尋ねてくる雅庸は、鋭い視線をまっすぐ竹内に注いでくる。

「見たのか？」

「何のことかな」

まずははぐらかしてみると、いきなり一喝された。

「とぼけるな！」

雷に撃たれたような迫力に、思わず全身が揺れた。

品の良い端整さもあるのだが、この十年間、グループ代表として第一線に立ってきただけのことはあり、竹内では太刀打ちできないほどの迫力がある。それは株主総会で雅庸を見たときから、思っていたことだった。

生半可な気持ちでは呑まれる。

そう自分に言い聞かせて、竹内は腹に力を入れ、あえて不遜な態度を保った。足を組んで、フンと鼻で笑ってみせた。

「そんなにも人に知られたくない秘密があるってことか？　まぁ、確かに見たけどね。あんたが服の下に隠していたものを。――一昔前ならとんでもないスキャンダルになっていたかもしれないけど、最近はそういうのも珍しくないんだろ？　ニュースになっていたのを聞いたことがある。癒《いや》し系メンズブラ」

竹内が見たのは、それだった。シャツを透かして見えたリボン状のレース。先日、衝立に引っかかっているのを見た赤のブラと相まって、ようやく雅庸の秘密とは何だったのかに思い至ったのだ。

だが、どうしてここまで雅庸が隠すのか、不可解でならない。あまり理解はされないだろうが、開き直ってしまえば、それはそれとして許容されるのではないだろうか。

「言うな……！」

口走った途端に遮られた。雅庸の目は血走り、噛みついてきそうな形相をしている。だが、竹内は怯《ひる》まず問いただした。

「そこまでおっかない顔をするのはどうして？　あんたにとって、そこまで他人に決して知られたくない秘密ってこと?」

　確認しようとしているだけなのに、その話題に触れているだけで雅庸の顔色が青ざめていくのがわかった。そのあげく、吐き捨てるように言われる。

「他人の秘密を探るダニが!」

　その言葉に竹内はムッとした。同時に、自分の正体を探られていたのだとわかる。必死の心の防衛なのか、雅庸はきつい言葉をぶつけてきた。

「おまえのことは詳しく調べた。新宿区中井《なかい》の賃貸アパートで一人暮らし。荒川《あらかわ》区の区立高校を中退した後、貸しビデオ店、内装業、編集部のアルバイトなどをした後に、現在はフリーとして、週刊『リアル・レポート』の編集部に出入りしている。身よりは父親だけで、アルコール依存症更正施設に入所中」

　先日、運転免許証で本名と自宅住所を知られたから、それを元に調べられたのだろう。そこまで知られたとあっては、隠すことは何もない。竹内は座り心地のいいソファにふんぞり返る。

「で、それが何か?　あんたの秘密を記事にして欲しいってわけ?」

「また口止め料でも欲しいのか?　下種《げす》が」

　まるで金目当てのように言われて、竹内はムカッ腹を立てた。人は真実を突かれると、そうなるものだ。

だが、ダニにもプライドはあった。

「俺はスクープをつかんで記事にはするけど、それをネタに対象者を揺すったことはない。それに、こないだ受け取った金は、あんたの誤解とそれに基づく暴挙に対する慰謝料であって、それ以上の意味はなかったはずだけど」

冷静に指摘すると、さすがに少々反省するところがあったのか、雅庸は表情をあらためた。それでも、緊張は緩めない。

「揺すりたかりはしないと言うが、どうして私につきまとった？　私の秘密を暴いて記事にでもするつもりか」

「どうするかは、これから考えるよ。だけど気になるのは、どうしてあんたがああいうものを身につけているのかっていう理由なんだけど。趣味なわけ？」

メンズブラが流行していると、一時期ニュースで報じられていたことがある。

胸回りを締めつけることで安堵感が得られるとか、ストレス解消になるとか、使用者のそんなコメントを流していた。

物珍しさで一時的にマスコミに採り上げられたものの、その後の続報がないのを考えれば、今はあまり流行しているとは思えない。それとも、密《ひそ》かなブームは続いているのだろうか。

「ああ。趣味だ」

まるっきり心を許そうとはせず、おうむ返ししてきた雅庸の態度に、竹内は引っかかった。

「嘘《うそ》だね」

趣味のうちかもしれないが、隠そうとする態度にそれだけではすまない切実なものを感じる。雅庸自身がこの秘密を死ぬほど恥じているのが伝わってくる。

竹内の言葉に、雅庸は長い睫《まつげ》を伏せた。

「……知ってどうする。それすらも記事にするつもりか？」

「記事にするかどうかは、これから考えると言ってるだろ。純粋に、まず俺が知りたいんだ。何不自由のないお金持ちの権力者が、刺激が欲しくて手を出したのか、それとも人には言えない悩みでもあるのか、あんたの心の内側が知りたい」

その言葉に、雅庸は男らしい眉を上げた。

竹内の言葉の真意を探るように、じっと見つめてくる。誰かに苦しい心のうちを明かしたい気持ちがあったのか、長いため息を漏らした後に口を開いた。

「記事にしないと約束するのなら、教えてやる」

竹内は少し考えた後に、うなずいた。

「だったら、その理由については記事にしない」

「私の秘密そのものについては？」

「そっちまではまだ、確約できない」

竹内は前金をもらっている写真週刊誌に、記事を渡す義務がある。何らかの形で雅庸の記事を書くつもりだったが、それをどういうものにするかはまだ定まってはいなかった。

雅庸は深いため息を再び漏らしたのちに、両手の指を組み合わせてそこに顎を乗せた。

「だったら、おまえにだけは教えてやる。執事以外に私の秘密を知っている、ただ一人の人間だからな。アレがないと、私は落ち着かないんだ。アレに依存している、と言っても過言ではないかもしれない」

雅庸はつれない恋人のことを語るように、どこか遠い目をした。

その表情に、竹内はこの総帥の孤独を思う。

二十二のときに総帥という地位についたと聞いている。そんな雅庸には、心を許せる友人や家族は一人もいないのかもしれない。

「いつから始めたんだ?」

尋ねると、雅庸は「ヤバい薬物の話でもしているみたいだな」と失笑した。

「初めてそれを身につけたのは、十年前の総帥選のときだった。私の両親が事故で死に、空席となった総帥の座を巡って、一族内が大騒ぎとなった。私は幼いころからいずれは総帥になるのだと言われて教育されてきたが、人前に出るのが得意ではなかった。だが、父は墜落する飛行機の中で、私に遺言を残していた。手がけていたプロジェクトを私に引き継ぐように告げ、立派な総帥として、グループ五十万人を支えろと書いてあった。だから私は、父の遺志を継ぐためにも総帥選に立候補しようと思った。そうすることが、志半ばで死んだ父への孝行だと思った」

雅庸がその若さで総帥になろうと決意した裏側には、そのような切実な思いがこめられていたのだと竹内は初めて知る。

雅庸は視線をテーブルに落として、淡々と続けた。

「一族の長老や、他の候補者を擁立しようとする者たちは、総帥選の前に何かとプレッシャーをかけてきた。おまえは若く未熟で、総帥にはふさわしくない。今回の立候補は見送ったらどうだ、と。誰もが私を追い詰め、諦めさせようとしていた。その重圧に押しつぶされそうだった」

――二十二だもんな……。

今の竹内よりも若い。いくら優秀だったとしても、大学を卒業してすぐの社会経験もない時期に、グループ五十万人を背負う重圧なんて、竹内には想像もつかない。万一自分がその立場にあったら、絶対に無理だと言ってさっさと勝負から下りたはずだ。

「総帥選前に、選挙権を持つ一族のメンバーたちを前に、あらためて意思を表明するスピーチがある。それを受けて投票となるのだが、そのスピーチを前に、私は敵前逃亡寸前だった。もともとあがり症で、人前で話をするのは苦手な上に、最悪の雰囲気だと想像できたからね。誰もが私を見つめ、せせら笑う。そんな想像にストレスが高まり、震えが止まらず、気分も悪くて、吐き気が収まらなかった。……総師選当日の朝、ぼんやり眺めていたニュースで流れたのが『最近流行のメンズブラ』だ。追い詰められていた私は、『これだ』と思った。これさえあれば、私は今日のスピーチを乗り切れるに違いないと、天啓のように思った。すぐさま執事にそれを買いに行かせ、身につけた」

「効果はあった……のか？」

想像を超えた話に、竹内は呆然としながら尋ねる。

雅庸は少々、思いこみが強すぎるところがあるようだ。

自分を犯そうとしたときも猪突《ちよとつ》猛進の勢いで、どんなに制止しようとしても効果がなかった。そのときのことを思い出しながら聞くと、雅庸は深々とうなずいた。

「てきめんだったな。ニュースで体験者たちが語っていたように、胸部に適度な圧力がかかることで誰かに抱きしめられているような安堵が広がる。その感触は、幼い日に父に抱きしめられたことを私に思い出させてくれた。背筋がまっすぐに伸び、この秘密を知られてはならないということに意識を奪われるあまり、大勢の人たちの前で話をするという緊張感まで気にする余裕がなかった。かくして総師選前のスピーチは大成功に終わり、私は望み通り総師となることができた」

思わぬ総師選の裏事情に、竹内は言葉を失う。

メンズブラが飛鳥沢グループの総帥選にこれほどまでに大きな影響を与えたと知ったならば、グループ五十万人の従業員は愕然とするのではないだろうか。

それほどまでにメンズブラが心の支えになっていると、竹内は考えたこともなかった。悪趣味な趣味の一環だと思っていたのだ。

頭が真っ白になりそうだった。だが、どうにか質問を続ける。

「その一回の大舞台だけの着用では、終わらなかったということだよな？　……それがきっかけになったってことか？」

「その通りだ。総帥になりはしたものの、まだまだ私は未熟で、ことあるごとに緊張してのぼせ上がるのを制御することが難しかった。それでも、最初に大成功を収めたという刷りこみがあったためか、アレをつければ心が落ち着き、大勢の人たちを前に、思う存分私の考えを伝えることができる。総帥になってすぐのころは毎日のように、そしてその職務にある程度慣れてからも、ここ一番という勝負のときには、アレに頼らずにはいられなかった」

「卒業しようと思ったことはなかったのか？」

「何かと気の張る交渉が多かったからな。失敗できない会議や交渉ごとのときには、やはり必要だった。飛鳥沢グループを私に任せろと総帥選で豪語したからには、失敗するわけにはいかない。気負っていたんだ」

雅庸はしみじみと語ってから、手元に視線を落とした。

「もちろん、いつまでもこれに依存してはならないという意識も強く持っていた。全てをオープンにして恥じないタイプの人間もいるが、私はそうではない。男らしく、雄々しくあれと育てられた。飛鳥沢グループ総師として、誰の目にも恥じることなく胸を張っていろ、と。だからこそ、その秘密には後ろめたさと恥ずかしさがつきまとい、この性癖を執事以外に知られないうちに、早々に直さなければならないと思い詰めた。だが、結局直せないでいるうちに、おまえに知られてしまったというわけだ」

そんな話を聞くと、竹内もしんみりとする。

何不自由のない総師に思えたのだが、その裏では竹内が想像もつかないほどの切実な苦労と緊張があったようだ。同情していいのか、笑い飛ばすべきなのか、複雑な気持ちになりつつも、気になったところを突っこまずにはいられない。

「知ってるのは執事だけって言ってたけど、……この十年間、深い仲になった女性とかはいなかったのか?」

「――二十五を越えたころから、私のところにひっきりなしに縁談が持ちこまれるようになった。私も女性に興味がある。性欲だって、人並みにある。おそらく心を割って話せば、私とこの秘密を共有してくれるような女性が見つかるはずだ。そんな期待もあったのだが、絶対に知られてはいけない秘密を抱えているとひどく疑心暗鬼になる。見合いの席では、この女性は信頼できるタイプなのか、見定めようとするあまりに異様に目つきが鋭くなり、質問攻めにしてしまって、怖がられて逃げられる。あえて受けて立ってくれる相手もいたが、そんなタイプは私の秘密をベラベラと暴露しそうで怖くなって、こちらから断った。そんなこんなで、今まで話がまとまったことは一度もない」

そんな実情を吐露され、竹内は思わず胸がキュンとするのを感じた。

――だからこその、童貞。

先日、ものすごく雅庸が餓《う》えていたように感じられたのは、三十二歳の今まで誰とも肌を合わせたことがなく、性欲をひたすら溜めこんでいたからだとわかる。

実情を知ったからといって許せることでもなかったが、女性には全く不自由しない身分だと思っていた相手だけに、不思議とドキドキが収まらなくなる。

――初めてだったんだ、あのときが、何もかも。

竹内も初めての体験だった。無理やりだったことに怒りや憤りは残っていたが、あの不慣れな感じや強引さは、そのせいかと思うとしみじみする。

そんな竹内の前で、雅庸は顔を強張らせながら居住まいを正した。テーブルの上で手を組み直して表情をあらためる。

「さて。――私の秘密を明かしたところで、おまえの事情についても教えてもらおうか。生活はそう楽ではないようだな。私が先日渡した示談金で、半年分たまっていた二十四万円の家賃を支払い、どうにか家賃四万円のアパートを追いだされずにすんだとか。さらには、酒浸りだった父親が施設に入院中だとか」

「それが何だよ?」

竹内の目は物騒に細められた。童貞に和んでいた心が引き締められる。

自分から語ったわけでもないのに、他人が自分の家族について詳しく知っていることは愉快ではなかった。

悪びれた態度も見せずに、雅庸は組み合わせた指を解いた。誘いこむように、うっすらと笑みを浮かべる。

「家賃も滞納させるほど貧乏なら、おまえはこれからこの屋敷に住めばいい。部屋は空いている。衣食住の面倒も、全て見てやる」

「冗談だろ?」

いきなり、どういう話だと竹内は慌てる。

だが、雅庸はとっくに決定した事項のように伝えてきた。

「それに、父親のほうの面倒も見てやる。施設の担当者から聞いた話によると、菅井《すがい》教授のいる専門施設への転院を望んでいるそうだな。だが、その施設は治療費が今とは比べものにならないぐらい高額な上に、人気があって数年待ちだ。だが、私から話を通せば、治療費はこちらで持つ上に、すぐにでもベッドを空けてもらえる。うちのグループは、菅井教授の施設にかなり昔から資金援助しているんだ。口先だけの話ではない。これを見ろ」

雅庸は封筒に入った書類を、竹内の前に押し出した。

竹内が転院を望んでいた施設の名前が封筒には入っていて、開けてみると施設入院のための書類が一通り入っていた。

いきなりこんな条件を出してきた理由について、竹内にはピンと来た。

「この条件で、俺を口止めしようって？」

前回は現金を出したが、今回はそれ以上に厳重な口止めが必要だと雅庸は考えているのだろう。だからこそ、調べてあった弱点を利用することにしたらしい。

竹内を懐柔するには父の件が一番だと、雅庸は判断したに違いない。

――悔しいが、その通りだ。

渡された資料を確認していると、雅庸はやはり言った。

「おまえが私の秘密を誰にも明かさないと約束してくれるのなら、これくらいの援助はしてやる」

父を転院させてくれて、しかも金の心配がいらないというのは死ぬほどありがたい。酒に酔ったときにはとんでもない暴力オヤジになる父だったが、正気のときにはそのことをひどく恥じて竹内に詫び、そのあげく何やらぐじぐじと悩んで失踪《しっそう》したほどだったのだ。

それが、竹内が中学生のときだった。

父がいなくなったと表沙汰《おもてざた》になれば、児童養護施設に送られる。

そこは餓え死にする恐怖こそないものの、漏れ聞こえてくる話によるとあまり行きたいところではなく、竹内は親がいるフリを装って懸命に一人で生活することとなった。

年をごまかしてアルバイトし、ひたすら父の帰りを待っていた。だが、父の行方は杳《よう》として知れず、見つかったのは竹内が二十一歳になった三年前のことだ。十年も父は失踪しており、その間、竹内は逞しく一人で生きてきた。

父は身も心もボロボロになっていたが、それでも再会できてどれだけありがたく思ったかわからない。父は竹内を捨てたことを泣きながら詫び、死んでしまえばよかったと何度も言った。そんな父に最高の治療を受けさせてやりたかったが、そのための資金がないことをいつも悔しく思っていた。

――だけど、ここで天の助けが……。

そこまでの手間と金を払って口止めしようと思うぐらい、雅庸にとってアレは隠さなければならない秘密なのかと疑問に思うが、むしろそれだけの手間や金を払うのは、雅庸にとっては大したことではないのかもしれない。何しろ、個人資産三千億の男だ。それくらいの出費は、屁《へ》でもないのだろう。

ここはいっそ父親のことは甘えてしまいたいと思いながらも、他の条件が気になった。

「オヤジの件はともかく、おまえとの同居は無理。息が詰まる」

だが、雅庸は譲るつもりはないようだ。

「そうはいかない。——聞くところによると、おまえの住むあのアパートは老朽化して取り壊し直前だそうだな。そうなったら、どのみち住むところを捜さなければならなくなると思うが」

「へ？　老朽化？　まぁ、確かにボロボロだけど、あの因業ジジイが建て直すはずも……」

そう口走ったとき、雅庸がにんまりと微笑みを浮かべた。

「まさかおまえ、……俺をあそこから追いだすために、家主からアパートや敷地を買い取って、取り壊そうなどと考えてはいないだろうな」

「まぁ、それくらいは簡単だ」

雅庸は悠然と微笑んでみせた。

その凄みのある表情から本気を読み取って、竹内はうすら寒くなる。

雅庸の総資産からしたら、それくらいの無駄遣いは痛くも痒《かゆ》くもないだろう。だが、竹内にとってみれば、引っ越しは死活問題だ。あれほど立地が良くて、安いアパートはなかなか見つからないだろう。身分保証がないから、審査を通るのも一苦労だ。しかも竹内が新しいアパート探しを始めたら、雅庸が黙って見ているはずもない。飛鳥沢グループが総力を上げて妨害したら、新居はまず見つからないだろう。

この総師邸に住めと強制することは、目の届くところに自分を置いて監視するためだとすぐに呑みこめた。客間ではなく、じめっとした地下牢《ろう》のような狭い部屋を与えられて働かされるかもしれない。竹内は悔し紛れに言ってみた。

「わざわざ、どこの馬の骨とも知れない俺を住まわせるより、探偵にでも監視させたほうが楽だろ」

「いや。まずは、おまえの人となりが知りたい。おまえはこの先の一生、ずっと私の秘密を明かさずにいられる人間なのかどうか」

「一生？　そこまで人に知られたくない秘密だったら、持たないほうがよかっただろうが」

吐き捨てると、雅庸はしみじみと返した。

「私も、できることならそんな秘密を抱えたくもなかったよ」

その言葉の重みに、竹内はジンとする。秘密があるからこそ、雅庸は女性とも付き合えなかった。その代わりに仕事面では認められるようになっている。

雅庸は竹内に一度渡した封筒を再び手元に引き寄せる。

「手続きはうちの弁護士が代行する。話はついたと考えていいか」

竹内にとっては断れる条件ではない。ずっと知りたかった雅庸の秘密を探り当てたが、話を聞けばその内情をスクープとして暴くのは低俗な行為であるような気がしたし、笑い話にして楽しむには雅庸に近づきすぎていた。

うなずく前に、もう一度確認しておく。

「本当に父の面倒を見てくれるんだな。いきなり放り出したりはしないな？」

「症状が落ち着いて退院できるか、退院できなかったとしても一定の改善が見られるまでは、面倒を見ると約束しよう」

「その施設に移るときには、俺も付き添わせてくれ。見舞いとかも、自由にしていいんだよな？」

「もちろんだ」

条件を確認し終えて、これで口止めは成立すると確信を持ったのか、雅庸の固い表情が和んだ。その端整な顔に、ふっと男っぽい笑みが浮かぶ。

「おまえのほうの引っ越しも、すぐに手配しよう。立ち合いは無用だ」

「なっ」

「その方が手間がかからないだろ。おまえの四畳半の部屋には驚くほど荷物が少ないのだと、大家が言っていたらしいな」

大家とも弁護士か部下を通じて密かに連絡を取っていたことをあっさり口にすると、雅庸は立ち上がって手を差し述べた。

「しばらくは、私の同居人だ。不自由なことがあったら、何なりと言ってくれ。家のことは、執事に言っておけば何でもしてくれるはずだ。当面、よろしく頼む」

にこやかに握手を求められて、竹内はとまどいながらもその手を握り返した。

「よろしく。——俺が住むのは、地下のじめじめした倉庫みたいなとこ?」

「いや。この部屋にこのまま住んでもらおうと思ってるが」

「え?」

竹内はあらためて室内を見回した。二十畳ほどはある。トイレと浴室もついている。こんなにも綺麗な部屋に住まわせてくれるのだろうか。

雅庸は和やかに続けた。

「三食に、おやつ付き。希望するなら、夜食もつけよう。メイドがいるから、掃除も洗濯もする必要はない」

「メイドも?」

思わずつぶやく。

衣食住備わった王侯貴族のような夢の暮らしが、こんなふうに突然手に入るとは思わなかった。

それが自分を監視するため、というのは面白くなかったが、それでも一生に一度ぐらいはおいしいものを食べて、ぬくぬくと暮らしてみるのも悪くない。

「ああ。何せおまえは私の命の恩人だからな」

何か含むもののある口調で、雅庸は言う。竹内にとっては憧れの暮らしだが、この男にとっては当然あってしかるべきものでしかないのだろう。

雅庸の秘密については口外しないことになったが、雅庸のプライベートを今後一切記事にしないと約束したわけではない。取材のためには、これ以上いい環境はないはずだ。

せっかくのこの状況を生かさない手はない。

「んじゃ、よろしく」

竹内は差し出された雅庸の手を握る。

――日本有数の金持ちというのは、いったいどんな日常生活を送ってるんだろうか。

そんなことに興味を持つ読者も、少なくないはずだ。

〔三〕

総帥邸の住み心地は最高だった。

竹内が翌日の朝起きてきたときには、四畳半のアパートにあったなけなしの家財道具は、冷蔵庫と段ボール三箱に収まって竹内の滞在する客室まで運びこまれていた。それさえあれば何も困ることはなかったし、何より食事がおいしくてたまらない。

竹内は総帥邸にいるシェフとすぐに仲良しになって、三食おやつ付きの日々を満喫した。外出することも自由に許されたが、そのときには必ず執事がついてくる。執事は何も口を挟まず、ただ仕事の打ち合わせをする竹内の隣の椅子に座ってにこやかに話を聞いているだけだったが、上品そうな執事の前で下世話なエロ話をするのは落ち着かなくて困った。

日中は打ち合わせや取材を行い、夜はそれをまとめる、という仕事スタイルがある程度確立していたが、竹内は外の仕事を減らして有名人のゴーストライターの仕事を回してもらい、インタビューテープを元に原稿を書くべく、パソコンの前に座りこむ。

時間ばかりかかって、さして金になる仕事ではなかったが、衣食住の心配のない竹内はのんびりとその仕事をこなすことができた。いつもの編集部に顔を出すと、編集長が何かと雅庸の記事を出せとせっつくので、別の出版社の仕事をしているのだ。

その合間に、望みの施設に転院した父の見舞いにも行く。呆けたようになっていた父は、新しい治療法を受けて、どことなく感情が戻ってきているようにも見えた。

最初のころはこの総帥邸で自分のペースをつかむのにとまどっていた竹内だったが、次第に馴染《なじ》んでくる。

いろんな辞書や資料がある書斎には好きに入ることを許され、こたつで仕事をしたいと言えば客室にあった応接セットを、琉球畳とこたつに座卓、という取り合わせに変えてくれて、竹内は自分の部屋で仕事もできるようになった。

朝早くここを出て、夜に戻ってくる雅庸とは夜しか顔を合わせる機会はなかったが、彼は何かと酒を持って、一日一度はご機嫌うかがいに竹内のいる部屋のドアをノックしてくる。

その酒はいつも上等だったので、雅庸と過ごすその時間は竹内にとっても楽しみになっていた。雅庸とは酒を酌み交わすたびにだんだんと打ち解け、いいところや可愛いところがあると思えるようになっていた。

雅庸が訪ねてくる時間までに、竹内はどうにか毎日の仕事が終わるように進行を組んでいるところすらあった。

今日もいつもと同じ、午後九時ぐらいに客室のドアがノックされた。

「どうぞ」

あともう少し作業が残っていたので、竹内は振り返りもせずに大きく叫ぶ。

それが聞こえたのか、ドアが押し開かれて雅庸が入ってくる。

「ただいま」

「おかえり」

パソコンを叩いていると、雅庸が竹内の座っているこたつにまでやってきた。

「夕食は済ませたか？」

「うん。けど、酒は飲む。おまえが帰ってくるのを待ってた」

そう言うと、雅庸は表情を和ませた。そんな素直な表情が、何だか可愛い。

外で見たことのある雅庸は常に冷ややかな無表情だったから、総師のこんな顔を知っている者は、そう多くはないはずだ。

「だったら、準備させる。三十分後に、隣の部屋でいいか」

「ああ」

言うと、雅庸は出て行った。仕事から帰ってきたばかりのようだ。これからシャワーを浴びて、部屋着でリラックスするのだろう。

すでにこの総師邸に住みこんで、十日が経過していた。

竹内は残りの仕事を片づけてから、三十分以内に隣の客間に向かう。竹内の部屋でも良かったが、こたつの上や周辺は仕事の資料でぐちゃぐちゃで、いちいち片づけるのが面倒だった。

その部屋のテーブルの上にはすでに適温でワインがサーブされていて、つまみのチーズやハムが綺麗に盛られた皿も置かれていた。メイドたちは目につかないようにふるまっているから、いつでも適切にいろいろなものが準備されているのは魔法のようだ。

竹内は雅庸が姿を現すのを待ちながら、手を伸ばしてキャビアが乗せてあるクラッカーをつまむ。いい感じの塩味だった。名前だけ知っていたキャビアが、こんなにもおいしいものだとはこの屋敷に来るまで知らなかった。

待つほどもなく雅庸がやってきて、デキャンタに移されていたワインを注いでくれた。

「乾杯」

軽くグラスを触れあわせ、口に含んだワインはビックリするほどおいしかった。

良い香りが鼻に抜け、芳醇《ほうじゅん》な味がある。渋いワインがおいしいなんてことも、今まで竹内は知らなかったが、タンニンすらおいしい。

うっとりしながら、何というワインかと疑問に思って竹内は横に置かれていたラベルを見る。だが、凝ったラベルの文字は読み取れない。

「これ、何てワイン？」

尋ねると、向かいの席でワインを味わっていた雅庸が言った。

「スペインのロマネ・コンティと呼ばれる、ベガ・シシリア社の『ウニコ』」

雅庸が飲ませてくれるワインはどれも高級な品らしいが、極貧生活を送ってきた竹内にとっては、聞いたことのない銘柄ばかりだった。

「ウニコ？　妙な名前だな。ロマネ・コンティは飲ませてくれないの？」

雅庸はからかうように、眉を上げた。

「好きなのか？」

「好きも何も、一度も飲んでみたことがないからわからない。けど、機会があったら一度飲んでみたいかも」

さらりと雅庸が返してくる。

「悪いが、ロマネ・コンティは飲み飽きた」

「何かムカつくセリフだなー」

雅庸は軽く笑って流しながら、空いたグラスにワインを足してくれる。飲むごとにおいしくなるワインだった。値段を聞いてしまうと恐ろしくなるから、あえて聞かないつもりだったが、それでも気になった。

「これ、いくらするの？」

だが、その質問も雅庸はあっさり流した。

「一人では飲みきれないから、手伝ってもらってるんだ。気にすることはない」

人は自分のしたことに見返りを求める。だが、雅庸はこんな高級なワインを飲ませてくれても、恩着せがましいところを見せない。さすがはおぼっちゃんだ。

また口に含むと、舌にねっとりとした甘さが感じられた。いつまでもその余韻を楽しんでいたくなるようなおいしさだった。

竹内はワインを十分に楽しんでから、おつまみに手を伸ばした。クラッカーに生ハム。チーズの盛り合わせに、果物。クラッカーに塗るジャムや蜂蜜《はちみつ》も揃っている。

どれもこれもおいしくて、うっとりする。

メイドや執事は呼ばれない限り、二階にはやってこないことになっているしい。外で大勢の人々に囲まれている雅庸は、自宅では人目を気にせずくつろぎたいタイプらしく、竹内もそのおかげで気ままに過ごすことができた。

「最近は、どんな仕事をしてるんだ？」

雑談の最中に尋ねられて、竹内は答えた。

「有名人のインタビューを本にするゴーストライターの仕事と、ちっちゃい会社のサイト作りのお手伝いとか。そっちは？」

「明日はワシントンに出張で、財界人との会議だ」

「何それ？」

「日本とアメリカの財界団体が、民間レベルで作った会合に出席する必要があってな。そこの次期代表を務めろという話があるんだが、正直、気が重い。日本やアメリカの財務大臣などが顔を出して、スピーチするんだ。国策や為替にも影響することもあるから、面倒なことこの上ない」

その内容に竹内は目を丸くする。

自分の言動が株価や為替に影響するなんて、どんな気分なのか全く想像がつかない。

だが、自分と顔を合わせているときの雅庸は、リラックスして本音を話しているように感じられた。他人には決して知られてはならない秘密を、竹内だけには知られているからだろうか。

「アレさえつけていれば、どんな無理難題を押しつけられても焦ることはないんじゃないの？」

混ぜっ返しても殺気だつことはなくなったが、雅庸は深々とため息をついた。

「大丈夫なのと、好む好まないのとは別問題だからな」

「つまり、単純にやりたくないってこと？」

「気が張る会合なんだ。単なる出席者のままなら、荷物にアレを入れずにアメリカに発《た》てるが、代表となればそうはいかない。最近はテロの影響で、荷物検査も厳重になってきたからな。いつ、アレが荷物の中から発見されるかと思うと、気が気ではない」

雅庸の心配は、あくまでもアレに関してのものらしい。そこまで執着されると、逆に興味が湧《わ》いてきた。

「そんなにも、アレさえあればどうにかなるんだ？　そんなに良い？」

じっと見つめると、雅庸は少し狼狽《ろうばい》したような顔をした。

――ん？

今の反応は何だろうかと思って見守っていると、それをごまかすように雅庸はグラスにワインをつぎ足した。

「だったら、……一度試してみたらどうだ。さほど抵抗はないんだろ？　背筋もまっすぐ伸びて、仕事の効率もアップするはず」

「本当に？」

それのどこがそんなにいいのかという興味もあった。

雅庸の口調が熱っぽさを帯びた。

「ああ。男性でも心の奥底では、美しいものが好きなはずだ。繊細なレース細工は見ているだけで心が安まるし、肌に触れるシルクの感触も心地いい。ほどよいホールド感も、男性でいる限りなかなか味わえないものだな。世間の荒海に揉まれて身も心も疲れ切ったとき、アレをつけるとホッとする。癒しであり、頑張るための力をくれるものでもあり、かけがえのないパートナーでもある」

そこまで素晴らしいというものを、少し試してみたくもあった。竹内は男らしさとか女らしさというものについては、あまり偏見を持たないほうだ。メンズブラをつけてみたいと思ったことは今まで一度もなかったが、そこまでいいと言われると、少しは心が動く。

「マジで?」

そんな竹内をそそのかすように、雅庸が言った。

「論より証拠だ。まず一度、試しにつけてみたらどうだ?」

「けど」

大切な雅庸のアイテムを、自分が迂闊《うかつ》に身につけてみてもいいのだろうか。

ためらいがあったが、とっておきの内緒話をするように雅庸が声をひそめた。

「実はおまえにプレゼントしようと思って、買ってある」

恋人に指輪でも贈るような調子で囁かれ、竹内の鼓動は乱れた。

雅庸はその目で竹内を魅了しながら、軽く手に手を重ねて席を立ち、一度部屋から出て行く。

しばらくして戻って来た雅庸の手には、綺麗にラッピングされた包みが握られていた。

「サイズは合うはずだ。おまえの色白の肌に合うように、カタログを見て真剣に選んだ。是非、見につけてくれ」

女性が装身具をこんなムードで渡されたら、ものすごくドキドキして抱かれたいと思うかもしれない。

自分は雅庸の彼女ではなく、渡されたのはメンズブラだったが、それでも何だかグッとくる。

「マジ？　俺にもつけろって？」

乱れていく鼓動をごまかすように、竹内は冗談めかせて笑った。

酔いのせいか、頰が熱い。雅庸から大切そうに渡されたその綺麗な包みは、宝物のようだった。竹内はそのリボンを解いていく。こんなふうに綺麗にラッピングされたプレゼントなどもらったのは、何年ぶりだろうか。

そんな竹内を熱い視線で見守りながら、雅庸が言った。

「おまえは綺麗だし、身体つきもほっそりしているから、おそらくごつい私などよりも似合うはずだ。考えると悲しくなるから、自分に似合うか、似合わないかは度外視することにしているんだが。おまえには似合いそうだな。可愛くて肌触りのいいものを選んでみた。胸がないとずれるから、アンダーはきつめだ」

包みの中から出てきたのは、ブルーの小花が散った可愛いレースのメンズブラだった。女の家族もいないから、竹内が女性用下着を手にしたのは人生で数回しかない。あらためて触ってみると、言われたようにシルクのすべすべとした肌触りだった。

「これ、……俺につけろって？」

雅庸は似合うと言っていたが、本当にそうだろうか。ためらうと、雅庸が思い詰めたように囁いた。

「実は、……色違いのを私も……」

「え？」

「今、つけてる。……見るか？」

男のメンズブラ姿など、本来ならば興味はない。だが、雅庸がとっておきの秘密を明かしてくれるように囁いてくれたのと、このような美男にメンズブラというのはどういうふうに見えるのかという興味があって、竹内は断り切れずにうなずいた。

「ああ」

「――引くなよ？」

「引かない」

「見せたら、おまえもつけるか？」

「え？　ああ、……まぁ、見せてくれるんなら」

そこまで雅庸が言うのなら、してもいいような気になった。

その言質を取ってから、雅庸は着ていた部屋着のシャツのボタンに手をかける。さきほど竹内のためのブラを取ってくるときに、急いで着てきたのだろうか。

そう思うとどこか微笑ましい気分にもなって、柔らかい眼差しで見守ることができた。

雅庸がシャツを開くと、その下から紫のレースが覗く。

そこで雅庸がためらったようにボタンを外す指の動きを止めたので、竹内はその胸元から顔に視線を上げて言ってみた。

「もっと、――全部見せろよ」

「こんなものを見せるのは、……おまえが初めてだ。……執事ですら、……私がこれをつけた姿を見たことがない」

昂揚《こうよう》した表情でそうつぶやきながら、雅庸は震える指でさらにボタンを外していく。最後までボタンが外されてもシャツの前は開かれなかったので、竹内は優しくうながした。

「ちゃんと見せろよ。見てもらいたいんだろ、俺に」

言うと、ビクリと雅庸の手が震えた。

竹内の表情に純粋な好奇心以外のものは浮かんでいないことを確認したのか、雅庸はシャツの前をそっと左右に押し開く。

女性の胸元とは違って膨らみはなかったが、思っていたほど醜悪なものではなかった。鍛えられた胸筋を艶めかしく包みこむレースは、むしろ少々色っぽいとも言えるほどだ。

「そう悪くないんじゃないのか？」

正直に感想を漏らすと、雅庸の強張っていた顔がホッと弛《ゆる》んだ。

拒絶されなかったことで強気になったのか、今度は竹内にねだってくる。

「おまえもつけてみろ。付け方はわかるか？」

「ああ。たぶん」

それなりにＡＶなどで見ているから、だいたいわかるはずだ。

竹内は座っていたソファから立ち上がり、部屋着として着ていたスエットの上を脱いだ。上半身だけ裸になって、ブラの肩紐《ひも》に腕を通す。

「ん？　あれ？」

これで背中でホックを止めれば完成のはずだが、手探りだとうまくいかない。手こずっていると、雅庸が向かいのソファから立って竹内の背後に回りこみ、グイとブラを引っ張った。

「……っ」

その一瞬の感触に、ぞくっと何か甘いものが走る。ホックを止めると、その圧迫感は和らいだ。雅庸は位置を少し調整してくれる。

「どうだ？　引き締まらないか？」

「まぁ、引き締まるといえば引き締まるけど。——妙な気分」

こんなものを見につけた自分はどのように見えるのだろうと気になって、竹内は部屋の隅にある姿見に向かった。そこに映った自分の姿を、しみじみと眺めてみる。

雅庸のように逞しく鍛え上げられた身体つきと、竹内のラインはだいぶ違っていた。ほっそりとした色白の身体に、ブルーのレースはなかなか良く似合う。

「どうだ？」

雅庸も姿見の前に立つ竹内に、背後から近づいてきた。

「悪くない」

「そうだろ？　サイズはどうだ？」

そう言いながら、雅庸はさきほどのようにブラのホックのあたりをつかんで、ぐっとブラ全体を引っ張ってくる。

途端に、またどこか甘ったるい刺激が走った。それがどうしてなのかわからなくて、竹内は狼狽する。

「きついほうがいいか？」

背後から尋ねられても、それに気を奪われて少し答えが遅れた。ブラの布に包まれている一部が、奇妙なほどの疼きを宿しているようだ。

「……きついか、きつくないか、よくわかんないんだけど、……何か、むずむずする」

「むずむず？」

「ここが、擦れて」

竹内はブラの上から、そのあたりを指し示した。膨らみのないカップのちょうど中心あたりにその感覚の発生源がある。

「どこだ？　値札やタグの類は、外してあるはずだが」

言いながら、雅庸もカップの内側の布地を探るように指を突っこんできた。その指が竹内の胸元を撫で上げた瞬間、息を呑むような甘ったるい感覚が下肢まで走り抜ける。その覚えのある感覚に、竹内はどうしてこんなにもむず痒いかわかった。

「ッ……」

だが、雅庸のほうは指を動かしてカップの内側をなぞってくる。関節のあたりが乳首に触れるたびに、竹内は息を呑まずにはいられなかった。

「ッバ！　いい、……指を抜け……！」

「何もないみたいだが」

「いいから！　原因はわかった……！」

「え？」

問い返してようやく、雅庸も気づいたらしい。小さくはあるが、指先にぷっつりと尖《とが》ったものが、さっきから触れている。一瞬固まった雅庸は、カップの中にあった手を反対側に返して、指先でそっと竹内の乳首をなぞってきた。

「ッな」

ビックリした。弾力のあるそこを、くに、と指先で押しつぶされただけで、竹内はゾクッとして息を呑まずにはいられない。さらに親指で強めに乳首を押しあげられて、竹内はゾクゾクしてしまう。

「……ッ」

正面にある鏡越しに、竹内の後ろに立った雅庸と目が合った。乳首をなぞられたときの表情を観察されていたらしい。雅庸は竹内の顔から視線をそらさず、乳首を押し当てた親指でつまみあげてくる。

その途端、自分でもゾクッとした顔をしたのが自覚できた。

「そういえば、……前もここですごく感じてたな」

耳元で低く囁くようにされて、つままれた乳首の下の心臓がものすごく乱れ打っているのがわかった。ただ触れられているだけだというのに、信じられないほどの甘い感覚がある。

だが、乳首でこんなにも感じているのを知られるのは恥ずかしい。

「おまえは、……感じないの？」

「ああ。ここまで感じない」

雅庸は竹内の身体を反転させて、鏡のすぐそばの柱に縫い止めた。

腕をつかまれ、竹内は動きを封じられる。さして力を入れているようには見えないが、もがこうとしても腕が動かなかった。

前回されたことが頭をよぎる。

こんなムードになっては良くない。いくら男同士だといっても、狼《おおかみ》に豹変《ひょうへん》することもある相手だ。

だが、困るのはこんなふうにされても、柔らかなシルクのレースで包まれた乳首がジンジンと疼いてたまらないことだ。雅庸の指に弄られて尖った乳首が、さらに触れられたくて痺れている。

「もっと、……触ってもいいか」

尋ねられ、竹内は答えられなかった。頭の中では断らなければならないとわかっているのに、指で触れられたときの甘さが乳首に残り、欲望に押し流されそうになる。

竹内の返事が遅れたのは了承の印だと雅庸は勝手に受け取ったらしく、竹内のブラの肩紐を片方だけ肩から下ろした。高い鼻でレースの布地を掻き分けながら、その尖った部分に唇を寄せてくる。

ちゅっと直接吸い上げられただけで、竹内は顎をのけぞらせた。前回、痛くされたことを思い出し、慌てて声を発する。

「そこ、痛くするなよ……っ！」

「痛く？　痛いか？」

「それ……くらいなら、……大丈夫……だけど」

竹内の注意に臆病《おくびょう》になったのか、雅庸は舌先で慎重にその小さな粒をそっとつつく。そんなふうに舐められると、最初は少しくすぐったいぐらいだったが、次第にじわじわと気持ち良くなってくる。舐められるだけなのが物足りなくなってきたころ、おずおずと吸い上げられて、びくんと胸元が反り返った。

「っぁ……！」

走った刺激に、甘い吐息が漏れる。

途端に、怯《おび》えたように雅庸の唇が離れた。

「痛いか？」

「いや、……それくらいなら、……大丈夫」

吸われた後の乳首はジンジンと尖り、もっと刺激が欲しいと訴えてくる。

竹内の返事に、雅庸はホッとしたように微笑んだ。その笑みに、竹内の胸はキュンとなる。おずおずと宝物に触れてくるような雅庸の動きが愛《いと》しく思えて、その唇に乳首を預けてしまう。

「っ、……っぁ……」

ちゅ、ちゅっと小刻みに吸い上げられ、そのたびに甘ったるい刺激がそこから全身を駆け抜ける。

前回は痛くて最悪だったが、力さえ加減してくれれば他人に弄られることはたまらない快感を呼び起こすのだと竹内は知る。唇で含まれたほうだけでなく、雅庸の指は反対側のカップの中にも忍びこんだ。

そこでジンジンと尖っている小さな粒を探り出し、それを上下に弾《はじ》くように指先でなぞってくる。両方の乳首を同時に弄られると、初めての竹内はその刺激がどちらから送りこまれているのかわからなくて混乱する。吸われながら乳首をなぞられ、尖りきった粒を指先で慎重につまみあげられると、膝から力が抜けそうだった。

このまま続けられると、自分の身体がどうにもないところまで追い詰められそうで怖かった。

「も……離せ……！　たっぷり……、ブラは堪能《たんのう》しただろ……！」

だが、雅庸はその言葉で止めるつもりはないようだ。

壁に強く押さえこみながら、熱心に乳首にしゃぶりつく。痛いと訴えたのが効いているのか、えらく興奮しているのが伝わってくるのにも関わらず、痛いほどの刺激は与えられない。

その熱く弾力のある舌先で小さな粒を押しつぶされるたびに、切なくなるような感覚がこみあげてきた。指の腹でさすったり、つまんだりを繰り返されると、やはりこの男は乳首が好きなんだなぁ、と頭の片隅で思う。

だが、困るのは乳首をさんざん舐められたことで、下肢がたまらなく熱くなってくることだ。

このままでは収まりがつかなくなる。だからこそ早く止めて欲しかった。乳首だけではなく別のところにも触れて欲しくて、下肢から欲望がこみあげてくるからだ。

「……っ」

濡れた吐息をつくと、雅庸が竹内の背中に手を伸ばして、ホックを器用に片手で外した。不意に圧迫感が和らぐ。そのまま外されるのかと思ったら、脱がすのは惜しいのか、雅庸はレースの愛らしいカップを上のほうに押しあげて、露出した反対側の乳首にまた食らいついた。

――もう、……しつこい……！

それでも、指だけでは足りなかった側に欲しかった刺激を与えられて、その甘さに抵抗できなくなる。そこをさんざん舐めたり吸ったりされている感覚に夢中になり、不意に膝がガクッと崩れて、雅庸に慌てて支えられた。

強く竹内を抱きすくめながら、雅庸が熱っぽい声で囁いてくる。

「ベッドに行くか？」

精一杯落ち着いたそぶりを保とうとしているらしいが、声は上擦っていた。

乳首をさんざん弄られて、下肢がぐにゃぐにゃに溶けて立っていられない。とにかく身体を横たえたくて、かすかにうなずく。

だが、客室の大きなベッドに仰向けに横たえられ、その上に雅庸が身体を重ねてきたとき、これはマズイと頭のどこかが叫んだ。

だが、雅庸に抱きしめられ、身体を押しつけられるとこのまま抱かれてもいいような気がしてくるから困る。酔いもあり、すでに勃起しているからなおさらだ。

そんな竹内に追い打ちをかけるかのように、雅庸がごそっと何かを取り出した。

蜂蜜の壜だ。つまみのクラッカー用にテーブルの上に準備されていたものだった。

雅庸はブラを首のほうまで押しあげ、竹内を逃さないように組み敷いたまま、その蜂蜜を差しこまれていた木のスプーンですくい上げ、乳首の上へと垂らしていった。

「ッン！」

それだけでぞくりと、身体の芯まで痺れが走る。

両方の乳首に蜂蜜を垂らしてから、雅庸は壜を置いて両方の親指をその中心に添えた。

乳首を中心に円を描くようにぬるぬると指の腹で転がされるたびに、今までとは違った濃厚な快感が性器に流れこみ、下着に押さえつけられた部分が固くなりすぎてかすかに痛むほどだった。

雅庸は執拗にそこを指で転がしてから、つまもうとしてくる。だが、すべってうまくいかないらしく、それを試みられるたびに甘く走る快感に、竹内は息を呑まずにはいられなかった。

「おまえ……、何……して……んの……？」

男の下で乳首を弄られて感じている自分の姿を受け入れられず、つい照れ隠しに口を挟んだが、雅庸は乳首に夢中だった。

「すごくおいしそうだ。清楚《せいそ》な色をしていたものが、蜂蜜色になって輝いている。舐めてもいいか？」

性欲と食欲が一緒になっているのか、雅庸は答えを聞かないうちにまたそこに食らいつく。熱い舌に転がされ、吸い上げられて、竹内はビクビクと跳ねた。

「つぁ、……噛むなよ……。痛くするな。……優しく……っ」

猛獣を制御するように、顎をのけぞらせてうめく。

乳首に吸いつかれていると、母のような気持ちになるのはどうしてなのだろうか。

交互に乳首の蜂蜜を舐め取られているうちに、自然と足が開いて雅庸の身体を挟みこむ。その足の間でぎんぎんに滾《たぎ》っているものが痒くてたまらず、雅庸の身体に擦りつけずにはいられなかった。

そんな竹内の姿に興奮するのか、雅庸はますます乳首ばかり舐めてくる。

さらに位置を合わされ、互いの昂《たか》ぶりを押しつけるように腰を揺らされると、感じすぎて身体がのけぞった。

性器が服越しに擦れ合うのは焦《じ》れったくもたまらない興奮を呼び起こし、竹内は痛いぐらいの圧迫から逃れようと身体をねじったが、雅庸はますます強く身体を押しつけてきた。

「つふ、ぁあ……っ！」

絶頂が近いことを、竹内は忘我の意識の中で感じ取る。

肌で感じる雅庸の体温や熱さは、泣きたくなるような切なさを呼び起こした。こんなふうに二人で快感を追い求めていると、ひどく雅庸が近くなったように感じられる。同性相手だというのに、欲望が抑えられない。

興奮しきっているのか、硬く凝りきった乳首を強く吸われ、竹内はすすり泣くような声を漏らした。昂ぶりきった身体は、それすらたまらない快感に変化させる。

「っぁ、……イク、……ッイク……」

うわごとのように竹内は漏らす。

そんな竹内の声に煽《あお》られたように、雅庸は竹内の乳首に歯を立て、強く引っ張った。

「っひ、……っぁああ……っ！」

それがとどめとなった。

背筋に熱い快感が駆け抜け、全身がビクビクとのけぞって硬直する。まだ服を身につけたままの下肢が弾け、生温かいものがそこに迸るのがわかった。

ほぼ同時に雅庸も達したらしく、硬直した後に男の身体の重みがずっしりと全身にのしかかってくる。はぁはぁと荒い息を漏らす雅庸が不思議なほど愛しく感じて、その背に腕を回すと、顔を覗きこまれて唇を覆われた。

「っん……っ」

さすがにキスには驚いて、顔を背けようとした。だが、唇を押しつけられたその瞬間、拒まれるのを怖れるように頬を包みこむ雅庸の手に力がこもる。

その仕草にキュンとして、息はひどく苦しかったが、竹内はそのキスを受け入れることになった。

——全部、……初めて……なんだよな。雅庸の……。

自分にとっても、雅庸は初めてだ。これが互いに生涯消えない記憶になるのだろうかと思いながらも、竹内はキスを続ける。

「ッン」

柔らかく唇と唇とが触れあう感触に熱っぽい吐息が漏れ、その息をもっと引きだそうとするように雅庸は何度も口づけてくる。その甘い感触に口が開くと、おずおずと舌が中に差しこまれてきた。

舌と舌とがからまった途端、ぞくりとした感触が背筋を這《は》いあがる。より強く抱きしめられて、切ないような痺れが広がる。

キスを繰り返しているうちに、身体が収まらなくなってきた。

それは雅庸も同じらしい。他人と肌を重ねる興奮が強すぎて、一度の射精ぐらいでは収まりそうもない。とにかく濡れた下肢に服がまとわりつくのが気持ち悪くて、するにせよしないにせよ、早急に結論を出したかった。

「続けても……いいか」

だが、そう言われると、竹内はためらわずにはいられない。

続きというからには、前回失敗した行為をされるのだろうか。絶対に入らないはずだ。

だが、乳首への愛撫《あいぶ》が苦痛から快感になったように、うまくすればどうにかなるものだろうか。世界中に愛好者がいることを考えれば、ひたすら痛いだけではないのかもしれない。

ためらっている竹内の耳元で、雅庸はそそのかすように告げてきた。

「このまま抱かせてくれたら、いくらでも金を払うが——っぐ……！」

金、と聞いた瞬間、電光石火のスピードで竹内の膝が雅庸の股《また》ぐらを襲う。とっさに雅庸は腰を引いて、その攻撃を避《よ》けていた。やはり、この男は武道の心得があるようだ。

だが、かなり焦ったらしく、竹内の上から重みが消えていた。

「何を……っ」

「何を、じゃないだろ」

竹内は上体を起こして、熱っぽい息を吐き出す。

下肢が快感で痺れたようになっていたが、ふざけたことを言い出すのなら、これで終わりだ。雅庸の顔を睨みつけながら、思い違いを指摘した。

「金で身体は……売らない。俺はそんなんじゃない」

貧乏ではあっても、竹内にはプライドがあった。むしろ貧しいからこそ、自分で歯止めをかけておかなければ、どこまで堕落してしまうかわからなくて怖い。

またふざけた返事をしたら、完璧に拒絶しようと考えていた。だが、身体の火照りが耐えがたくて、ぞくりと息を呑む。

雅庸は竹内の言葉を受けて、真剣に考えこんでいた。

「だったら、何て言えばいい？　愛してるから、抱かせてくれ？」

何気なく口に出した雅庸は、その言葉に自分でも狼狽したようだった。

それは聞いている竹内にとっても一緒で、背筋がぞわぞわするような照れくささに襲われて、苦笑した。

「礼を弾むって言うよりは、マシかもな」

竹内は腕をもぞもぞと動かして、ブラを完全に肩から外す。蜂蜜のためか、胸元がべたべたした。乳首が赤く尖ったままだ。

どうしようかと、竹内は少し考えた。

雅庸は嫌いではなく、肌を合わせているとドキドキするし、気持ちがいい。だけど、これ以上続けると妙な関係になりそうだった。

結論が出ないまま、竹内は息とともに吐き出した。

「こないだのは、悪くなかった」

その言葉に、雅庸は竹内の気持ちが変わらないようにしようと思ったのか、頬に指を伸ばし、また唇を押し当ててキスをしてくる。

「抱かせてくれ。……痛くないように……するから」

熱のこもったキスだった。そのキスに竹内は流されそうになる。考えてみれば、これほどまでに条件の揃った美男だというのに、秘密を知られてはならないと思うあまりにこの年まで童貞というのも気の毒だ。

——前回の……責任もあるし。

秘密を知った共犯者である竹内が、ここは一肌脱ぐべきではないだろうか。

「だったら、好きだって……言ってみせて」

照れくさくてからかうように言うと、雅庸は熱っぽく囁いた。

「好き。……大好き」

言っているうちに雅庸は興奮が抑えきれなくなったようで、自分の服を全部脱ぎ捨てた。

それから竹内が下半身に着ているものを、ずるりと下着ごと引き下ろしてくる。

ここまできたら竹内は抵抗せず、雅庸に任せることにした。

だが、濡れたところが外気にさらされ、ひんやりした途端、恥ずかしさが襲いかかる。

雅庸は竹内の足の間に手を割りこませ、大きく広げさせた。

「……っ」

やっぱり、このポーズには慣れない。

「中、……指を入れても、……いい……？」

尋ねられ、前回、そこに指を入れられて感じたことを思い出しただけで身体が熱くなった。体内のどこかにひどく感じる部分があって、そこを弄られるだけで射精したのだ。あれから何度か自慰をしたが、そのときほどの快感は得られることはない。

「……いい」

小さくうなずくと、雅庸は蜂蜜の壜を引き寄せて、それで指をたっぷりと濡らした。

「つい……！」

そんなもので濡らしては勿体《もったい》ない。純粋な蜂蜜は高価なんだ、と言おうとしたが、それよりも先に指が体内に沈んだ。粘度がありすぎて、ねっとりとするような奇妙な感覚が広がる。そのせいなのか、他に理由があるのかわからなかったが、指を入れられただけでぞくぞくと肌が粟立《あわだ》つような感覚にさらされて、竹内は息を呑んだ。

――なんだ、これ……。

前回は嫌悪感ばかり感じていたものの、二度目ともなればそれほど嫌というわけでもない。きゅっと眉を寄せた竹内を間近でじっくりと眺めながら、雅庸は中で指をゆっくり動かした。

「あ、……っゆっくり、……しろよ……」

そうでなければ受け止められないほど、中からの刺激がすごい。

圧迫感とともに、指を動かすたびに摩擦が広がる。

押しこまれては抜かれるたびに、それに合わせて身体が反応した。ひくっと腹筋が揺れ、腿も動き、表情も反応する。その変化を一瞬たりとも逃すまいとするように、雅庸がじっと眺めてくるから、落ち着かないことこの上ない。

「ツン、……っふ、……っぁ…」

ぞく、と体内に重苦しいような疼きが走るたびに、竹内はひくっと震えてその指を食い締め、眉を寄せてその感覚をやり過ごした。そんな竹内を見ているだけでは足りなかったのか、雅庸は固く突き出した乳首に唇を寄せた。

「っふぁ、…ぁ、……ン……っ」

乳首を吸われながら、体内を指で掻き回される。二箇所からの感覚が混じって、竹内の身体は甘く溶け落ちていく。いつにないほどに意識が昂ぶり、与えられる刺激を受け止めるだけで精一杯だ。

指をきつく圧迫していた襞が、少しずつほぐれていく。それでも体内に異物を押しこまれている感覚はつきまとい、時折、その大きさを確かめるためにひく、と締めつけてしまう。

さらに雅庸に乳首を絶え間なく吸われると、感じるたびに襞が震えた。それによって、どんなふうに乳首を嬲れば竹内が感じるのかを、雅庸は少しずつ学習しているらしい。

吸われる強さに絶妙な修正がされると、そのたびに頭が真っ白になるような感覚が駆け抜けた。

だんだんと竹内に触れることにも慣れてきたのか、雅庸の指の動きがなめらかに大胆になっていく。ひくつく襞が欲しがっているように思えたのか、熱っぽい声で尋ねられる。

「もう一本入れても、痛くないかな?」

「……っわかん……ない……」

「痛かったら、すぐに抜くから」

その言葉の後で、雅庸は指を増やした。中の圧迫感が倍になり、かすかな痛みが走って竹内は低くうめいた。

「あ、……っふ、ン…っ」

抜け、と言われたくなかったのか、雅庸が竹内の乳首に吸いついて快感を与えてくる。それによって引き伸ばされた襞までぞくりと刺激が走り、そこがひくりと震えるのがわかった。ゆっくりと動かされ、竹内の閉じた睫が震える。

――くそ……。

辛《つら》いのに、気持ち良かった。ものすごく痛かったり、不快だったりすればそこで拒むこともできるはずだが、快感と苦痛が混じり合う。何より雅庸が竹内にどうにか受け入れてくださいとばかりに乳首に快感を送りこんでくるから、腰が揺れそうになるほどゾクゾクした。

「っぁ……」

蜂蜜を体内に塗りこめられながら、ねち、ねちと二本の指が動く。腹の底に響くような感覚に、竹内はひたすら頭を真っ白にしてあえぐばかりだ。声を出したくないのに、指を入れられているとどこか甘ったるい、鼻にかかった息づかいになった。それが雅庸を煽っているのだとわかっていながらも、どうにもならない。

やがて二本の指がスムーズに動かせるようになり、どこまで開いてきたのかを探るように指を左右に大きく広げられた。そのために外気が中に忍びこみ、粘膜が冷やされる感覚に竹内がひくっと喉を震わせた。

広げたまま固定されると、早く閉じて欲しくてねだるようにひくひくと襞が指を押し返してしまう。

それでも雅庸の指は動かなかったから、竹内は耐えかねて声を発した。

「もう、……いい…から」

こんなに恥ずかしいことをされるのだったら、いっそ一気に挿入されてもいい。さんざん嬲られた襞は柔らかく溶け、今ならもしかしたら可能なのでは、とも思えてくる。

だが、雅庸はその意味を図りかねたらしい。

「いいって、何が?」

ようやく指を元に戻され、襞が閉じる感覚とともに、ひくりと奥から痙攣が走った。

「く」

腰にぞくっと走った痺れに、竹内は喉を鳴らす。

快感に濡れた目で見上げると、雅庸は何か思い詰めたような表情をしている。その目が葛藤《かっとう》に揺れているように思えたのは、前回、挿入に失敗したからだろうか。また同じ心配をしないかと怯えているのだろうか。

それに気づいた途端、竹内はキュンとした。

セックスには、男のプライドがかかっている。些細《ささい》なきっかけでEDになる男性もいるぐらいだ。それほどメンタルな悩みを抱えた雅庸の青くさい一面にドキドキが広がっていく。

外では飛鳥沢総師として辣腕《らつわん》をふるっているこの男に、このような部分があるのを知っているのは自分だけだし、それを解決できるのも竹内だけだ。

ここは自分が腹をくくって、雅庸に自信を与えてやるしかない。

竹内だって同じぐらい経験不足で、受け身になることに対する不安は大きかったが、何だか今なら可能なような気もしてくる。

竹内は膝を立てて、雅庸を誘った。

「しても……いいけど、……ゆっくり……だからな」

そう口にした途端、雅庸は大きく目を見開いた。それから思い詰めた顔をして、覚悟を決めたように竹内の腿を痛いぐらいにつかんだ。

「ゆっくり、……痛くなく、……するから」

竹内に挿入の格好を取らせてから、蜂蜜まみれになった部分に熱く猛ったものを押し当ててくる。慎重に位置を合わせてから、深呼吸した。

「入る……かな」

「頑張れ」

自分も頑張る、と思いながら、竹内も深呼吸する。

力が抜けたタイミングを見計らって、ガチガチになったものが強く押しつけられるのがわかった。

「つう」

先端が竹内の柔らかな部分を押し開く。

そのときに感じた抵抗感と痛みを受け止めきれず、竹内は無意識のうちに腰をねじった。それが進路を狂わせたのか、雅庸のものは外れて終わる。

「……っ」

それにショックを受けているような雅庸の姿に、竹内は反省した。次こそはちゃんと受け入れようと思いながら大きく足を開き、軽く手を添えてそれを導いた。

「大丈夫。……次こそうまくいく。そ、……こ、…ン…まっすぐ……ぁあ…ッ…」

意識が押し開かれるその一点に集中していく。

固く張り詰めた雅庸の先端が、自分の括約筋を丸く押し広げてくることに、ぞくぞくした。それが快感なのか不快感なのかわからないまま、竹内は懸命に身体の力を抜こうとする。そのとき、ずずっと摩擦が走り、先端部が中にはまりこむのがわかった。

「いい。……焦るな。……ゆっくり……、少しずつ……っ」

竹内はうめく。すごく広げられているような感覚があったが、まだ入っているのは先端だけだ。

それでもギチギチに押し開かれているそこから、たまらない充溢感《じゅういつかん》が広がっていく。このまま最後まで入れるのは不可能なんじゃないかと思うぐらい余裕がなく、身じろいだだけでも痛みが走った。

そんな竹内をいたわるように、雅庸が動きを止めた。

「大丈夫か」

いたわる声に胸が痺れ、竹内は少しだけ身体の力を抜くことができた。

「だいじょう……ぶ……っ」

「抜かないでいいか？」

「……ゆっくり……なら、……入れても……いい」

喋るだけでも、接合部までビリビリ痺れる。少しの隙間もなくぎっちりとはまりこんだ部分から雅庸の熱さと興奮が竹内の身体に広がっていく。

雅庸は時間をかけて、竹内の中に少しずつ埋めこんでいく。接合が深くなるたびに竹内は息を吐き、よりぎゅうぎゅうになることを感じずにはいられない。だが、身体の力を抜き、自分の中に男の性器を受け入れるなどという荒行を耐え抜くことに意識は集中していた。

体内に打ちこまれる雅庸の性器は、灼けつくほどに熱かった。それを抜いたり押しこんだりされるたびに、強烈な違和感とともに奇妙な感覚が広がっていく。排泄感と少し似た、重苦しい快感。

雅庸は半ば呑みこませたときに、ガチガチに身体を強張らせていた竹内に気づいたらしい。動きを止めて、竹内の顔面にキスを振らせてきた。

「……っ」

そのまま乳首にも顔を移動させてついばまれると、慣れた快感に中がひくりと蠢く。それによって締めつけが軽減することに気づいたのか、雅庸はそこにしゃぶりついたまま、また顔を離さなくなった。

「っふ、……バカ、……おまえ、……そこ……ばっか……っ!」

今日一日で、どれだけ乳首を嬲られたのかわからないぐらいだ。もともと感覚が鋭かったそこは、刺激されるたびにますます感じるようになっていくようだった。

こんな刺激に慣らされたらマズい。

だが、雅庸の唇がそこをついばむたびに、ギチギチにされた接合部に甘ったるい快感が駆け抜ける。そうしながらも、雅庸は竹内に突き立てたものをさらに呑みこませようと、ゆっくりと腰を揺らす。

「っぁ、……っあ……」

中で動かされるたびに、襞を固い先端に擦りあげられる刺激が快感として感じられるようになっていた。張り出したカリに襞をえぐられるたびに、腰がせり上がりそうになる。大きく広げた足を雅庸に抱えこまれ、不慣れながらもリズムが刻まれていく。

「っぁ、……っあ、あ、あ……」

先端が少しずつ深くまで呑みこまされるたびに、少し怖いような感覚が走った。その侵入を制御することもできないまま、ハァハァと息を継ぐしかない。

――あ、……っ、もう全部入ってる……？

そんなふうに思い始めるほどいっぱいにされ始めていたとき、とどめを刺すように雅庸の腰に力がこもった。

「ひ、あぁ……ッ！」

一段と深くまで入りこまれ、かつてないほど奥をぐりっとえぐられた衝撃に、ビクンと竹内の身体がのけぞった。その刺激に煽られて雅庸のものが硬度を増し、より体内で存在感を伝えてきた。

「……入った、――全部」

そんな雅庸の呟きに、竹内もかすかにうなずいた。どうにか全部受け入れられたようだ。信じられないほど奥のほうまで、雅庸のものが貫いているのがわかった。身じろぎするだけでも襞が刺激され、呼吸も浅くしかできない。粘膜が密着した固いものの熱さに灼かれ、何もしなくてもぞくぞくするような感覚が身体の奥底から生み出される。

「動いてもいいか」

まだじっとしていて欲しかったが、性急な声にうなずくと、ゆっくりと腰を動かされた。ズズズッと大きなものが体内で擦れる圧倒的な感覚に混じって、総毛だつような濃厚な感覚が沸きあがってくる。竹内はそれにとまどいながら、ビクンとのけぞった。

「っぁ……ッ何……っ」

とまどう竹内に、雅庸は何がそんな反応を引き起こしているのか探るように、同じ動きを慎重に繰り返した。

「っぁ！　……っは、あぁ、あ……っ！」

襞全体を突き上げられる感覚に混じった鋭い快感に、ビクンビクンと身体が跳ねる。

その刺激は、身体の深い部分から沸きあがっているようだった。感じるたびに、竹内は唇を震わせて、ひくりと痙攣せずにはいられない。中から力が抜けなかった。

竹内がそうだと動きにくいのか、雅庸は竹内の腰を両手で押さえこみながら、深いところにカリを押しつけるようにして何度も擦りあげていく。

「っぁ、……っぁ、あ……っ！」

不意に濃厚な快感がまともにこみあげてきて、竹内はどうにか腰を逃がそうとあがいた。だが、逃げることもできずにまた押しこまれ、抜かれていく。ひくひく感じすぎる竹内をより追いこもうとしたのか、雅庸は深い部分ばかりに集中的にカリ先を押しつけた。

「っぁ、あ、っぁ…っ！」

竹内の唇は開きっぱなしになって、唾液が滴った。

言葉を綴《つづ》る余裕もないほどに立て続けに擦りあげられて、中からの刺激の強さにおかしくなりそうだった。まともに呼吸もできず、ただ大きく足を開いて、雅庸に揺さぶられるしかない。全身から汗が噴き出し、泣きだしそうなほどに快感がふくれあがった。

「やだ、……そこ……っ！」

必死で訴えると、ようやく伝わったのか雅庸は集中的にそこを擦りあげることだけは止めてくれる。だが、今度はペニスの長さ全てを使うように、攻撃的に腰を使い始めた。

「……っぁ、あ……っぁ……」

慣れない動きに襞が悲鳴を上げた。

だが、雅庸の先端からあふれる蜜が中の動きを助け、押しこまれるたびに襞はその大きさに少しずつ開き始める。

「……は、あ、あ、あ……っ」

雅庸の腰の動きはまだスムーズではない。だが、からみつく襞の抵抗に逆らって、力強く押しこまれるたびに、摩擦された部分からぞくぞくと快感が駆け上がってくる。掘削するようにガツガツ突き上げられていると、その刺激に煽られて大きくのけぞり、とどめとばかりに激しく突き上げられて、腰が跳ね上がる。

「っく、ゃ、……っぁ、あ、あ……っ！」

普通に射精するのとは違い、中をえぐられまくって達したそれは深く、頭が吹っ飛ぶような快感をもたらした。

竹内がイったのを下腹で感じたのか、雅庸が動きを止めて息をつくのがわかった。男として、責任を果たした気がしたのだろう。

「あと少し我慢してくれ」

余韻にひくつく身体が治まる間もなく動きを再開されて、雅庸がイクためのせわしない動きが続く。敏感な襞を慌ただしく突きまくられてなおもイきそうになったとき、深くまで突きこまれたペニスが感じすぎる部分をえぐった。

「ッ」

どくん、と中でペニスが脈打つような感覚を受け止めた直後、感じる部分にぶち撒けら

れる。その熱にぞくりと灼かれて、竹内はまた達した。ヒクリと大きく中が蠢く。

——終わった……。

射精の余韻に、腰が抜けたようになっていた。

全身が脱力し、そんな中で雅庸に抱きしめられると奇妙な幸福感すら覚える。無事に挿入できた雅庸はともかく、竹内にとってみれば男としての大切な何かを失ってしまった結果でしかないはずなのにそんなふうに思えるのは、ひたすら気持ち良さが全身に詰めこまれているからだろうか。

薄く目を開くと、顔を覗きこんでいた雅庸とすぐ視線が合った。呼吸を整えることを優先したいのに、それを邪魔するように何度も唇が重ねられる。それが、甘えてじゃれついているような仕草にも思えて、竹内は柔らかく笑った。

「おまえ、……っがっつき……すぎ……」

「仕方がない。こういうことが……できるのは、……秘密を知ってる、おまえ……だけだからな」

照れ隠しのようにそんなふうにつぶやかれ、竹内は少し眉を上げた。

さっきは愛してるって言ってくれたのに、そんなふうに言い出す雅庸が少し憎らしい。

だが、それくらいの軽さのほうが楽でもあった。

自分たちは秘密を共有した仲間であり、それ以上の意味はないはずだ。そんなふうにも思える。

だが、雅庸は竹内の唇をむさぼるのを止めることができなくなったらしく、キスはさっき覚えたての、舌をからめる深いものに変わっていった。


恋というほど切実な感情を、竹内は誰かに抱いたことはない。

クラスメイトたちが女子の話題で浮かれていた学生時代から、竹内は明日の生活で頭がいっぱいだった。中学二年生のときに父がいなくなってからはなおさらだ。金になるアルバイトや、年齢をごまかしてアルバイトをする方法、さらには高校進学をどうするか、学校の家庭訪問や進路指導で親がいないのをどうごまかせばいいのかなど、現実的な問題で頭がいっぱいで、浮かれている余裕はなかった。

レストランや夜の店で皿洗いのアルバイトもしていたときに、何度か、年上の女性に誘われたこともあったが、性欲よりもまずは食欲だったし、そんなことをしたら面倒な人間関係に巻きこまれそうだと本能的にわかっていた。だからこそ、あえて踏みこまなかったのだ。

ひたすら自分のことだけで精一杯だった。

必死に働けばどうにかなったから、行政の保護を得ることも考えなかったし、親が失踪してからはなおさら、自立の傾向は強くなった。

ずっといなくなっていた親が発見されたときも同様で、どうにか自分で支えようと必死だった。

なのに、雅庸にあっさり父のことを託した自分が不思議でならない。普通の人間とはケタの違う金持ちだから、甘えても大した負担にはならないだろうという気持ちがあるにはあったが。

——それに、こんな豪邸でぬくぬく。

三食付き。おやつも夜食も高価な酒もつまみも、望めばいくらでも出てくる。部屋の温度は快適に保たれ、すき間風に目を覚ましたり、熱帯夜に汗まみれで起きることもない。猛暑の夏にクーラーなしで過ごすのがどれだけサバイバルか、雅庸に一度教えてやりたい。

竹内がこの総帥邸に来て、二週間が経っていた。来て十日目に抱かれ、二日後にまた誘われて関係を持った。それからは、毎日のように抱かれている。二人ともセックスをするのは初めてだったから、その刺激の強さに溺《おぼ》れていた。そのせいで、一人でいてもエロい気分になってしまうから困る。

もともと竹内の性癖は、ノーマルなはずだ。だが、男同士でもあれほどまでに快感を得られると知ってしまってからは深みにはまっている。雅庸は研究熱心で、抱かれるたびに上手になっているのもマズい要素だった。

──今晩こそは、求められても断らなくては。

竹内は密かに決意する。

そうしないと、とんでもなく深みにはまってしまう。確か昨日も一昨日《おととい》もそんなふうに決意していたはずだったが、雅庸に熱っぽく見つめられ、きつく抱きしめられると、流されてしまう自分がいた。

──恋人ってわけでもないのに。

竹内はごつりと頭をこたつの天板に押しつけて、深いため息をついた。

自分はここでいったい何をしているのだろうか。最初のうちは、雅庸の秘密を漏らさないかどうか、監視される、という意味があったと思う。だが、気がつけばあの総帥の愛人だ。

──俺はいつまでここにいるつもりなんだ？　いくら三食付きの住居といっても、ずるずるここに居続けるわけにはいかないだろ。そして、雅庸はいつまで、こんなことを続けるつもりなんだ……？

ひたすら貧乏に育った竹内にとって、この総帥邸は落ち着かないところでもあった。どこを見ても金のかかった豪華な造りであり、贅沢さに慣らされるのが怖い。いつでも元の生活に戻れるようにしておきたいのに、ご馳走と快適な生活で身体がなまりそうだった。

仕事が一段落つき、竹内はチェックしたゲラを送り返そうと執事を捜す。

一階に下りても見あたらなくて、呼び出しのためのボタンを押すとほどなく姿を現した。

「これ、着払いで送ってもらいたいんだけど」

頼みながら、執事と一緒に玄関横の小部屋に入って、宅配便の伝票を書く。

そのとき、その小部屋に置いてあった箱が気になった。これから送るものではなく、届いたばかりのものらしい。

「何それ？　雅庸の？　渡しておこうか」

毎日、一緒に酒を飲む仲だ。気安く言うと、執事はその箱を竹内に差し出した。

「そうですね。雅庸様にお渡し願いますか。日本橋《にほんばし》の美津子《みつこ》様から送られてきた、お手製の和服だそうです。次のお茶会のときにでも、よろしかったら着てください、との伝言つきで」

――お手製の和服？

あまり意識していなかった女性の存在に、竹内はハッとする。

女性が手間暇かけて和服を縫うということは、その相手に少なからず好意を抱いているということだ。

「美津子さんって、どんな人？」

単なる好奇心に過ぎないといった軽い調子で尋ねると、執事はにこやかに言ってきた。

「飛鳥沢と関わりの深い企業の、会長のお孫さんですよ。昔から何かと雅庸様とは縁がございまして」

「もしかして、公認の恋人、みたいな？」

冗談めかして聞くと、執事は困ったように微笑んだ。

「そう考えている方もいらっしゃるようですが」

「あ、もしかして、観桜会で、雅庸と一緒に歩いていた人？」

雅庸とお似合いの和服の美女が寄り添っていたはずだ。思い出して言うと、執事はうなずいた。

「ええ。何かと雅庸様とはご一緒することが多くて」

公認の恋人のようなものがいるのかと思うと、竹内の胸はズキズキと痛くなった。

「そう。――これ、渡しておくね」

竹内はそう言い捨てて箱を持ち、二階に駆け上がる。

雅庸は日本の名だたる大グループの総帥で、女性からもモテる。やたらと竹内に懐いて熱っぽく見つめてくるから思い上がりそうになるが、それは竹内が例の秘密を知っているからに過ぎない。

だからこそ肌を重ねることもできたし、覚えたてのセックスをいろいろ試したくて、性欲が暴走しているのだ。

──そう。単にそれだけ。

そんなことなど最初からわかっていたというのに、どうしてこんなに落ちこんだ気分になるのだろう。

竹内は自分の部屋の隅に箱を置いて、こたつに潜りこんだ。忘れないようにメモを書いて、箱の上に置いておく。

雅庸を知れば知るほど、彼の魅力を思い知らされる。

初対面のときには傲慢で鼻持ちならない男に見えたが、総帥としての鎧《よろい》を外した内側には少年のように繊細な心が眠っている。

──あいつ、やたらとべたべたするから。

ことあるたびにキスをするし、いろいろと竹内を感じさせようとしてくる。そんな態度に惑わされそうになるが、雅庸はいずれその立場上、女性と結婚しなければならないだろうし、いつでも引く手あまたなのだ。

──……あの秘密さえどうにか克服できたら、雅庸は最高に条件のいい男だしな。いくらつれなくても、何かとモーションかけてくる相手がいるのもわかる。

ゲイというわけではなく、女性も好きだと言っていた。秘密を気にするあまり、機会がなかっただけだと。

──あいつと俺じゃ、釣り合わないか。

そのことを、和服の贈りものによってしみじみと思い知らされる。飛鳥沢総帥が公式の場で身につける和服なのだから、おそらく高価な生地でできた、確かな縫製の手のこんだ品だろう。良家の娘であり、教養にも恵まれた女性が贈るにふさわしい品だ。

――俺、裁縫などボタンつけと靴下の穴を繕うことぐらいしかできないしな……。英語も話せないし。

明日から雅庸は四日間の海外出張で、ワシントンでの会議に出席するらしい。出張は国内だけではなく、世界中の主要都市に及んでいた。

考えれば考えるほど落ちこんできて、気がつけば眠りこんでいた。ふと目が覚めたのは、足音が近づいてきたからだ。

ここは防音がしっかりしていて隣の部屋の音は聞こえないが、ドア一枚で隔てられただけの廊下の音はそれなりに聞き取れる作りになっている。

――雅庸？

そろそろ帰宅時間のようだったが、彼の足音はいつもより急いでいるように見える。それが気になってドアのほうを振り返ると、いきなりドアがノックされ、返事をするよりも先にドアが開いた。

「竹内！」

少し焦ったような雅庸の声に、何か不吉な予感を覚えた。

「何か?」

雅庸は外出から戻って来たばかりのスーツ姿で、つかつかとこたつまでやってきた。

「おまえの父親が、喀血《かっけつ》したそうだ。すぐに来てくれと、施設から今、連絡があった」

――喀血……?

竹内は顔から血の気が引くのを覚えた。

昨日、見舞いに行ったときには、父は元気そうだった。雅庸が世話してくれた施設は部屋も良く、看護師や医師もよく世話をしてくれていて、父の居心地もいいようだ。

だが、過去に何度か大量喀血して生死の境をさまよったことがある。最悪の予想が頭をよぎり、全身が硬直して動けなくなりそうだった。

「わかった。すぐに……」

それでも、竹内は慌てて立ち上がる。早く父の元に行かなければならない。焦るあまり、まともに頭が働かなかった。

部屋着だったから、ジーンズとシャツに着替え、薄手のジャケットを羽織る。財布をつかんで鞄につめ、他に何が必要か考えた。

手術になるのだろうか。そのときは、何が必要だっただろうか。それとも葬式になったときのことも考えて、準備が必要だろうか。

――印鑑? 身分証……? 後は?

いつになく自分が狼狽しているのがわかる。早く行かなければならないという気持ちと、行くのが怖くて尻込みしている部分があった。

印鑑を捜していたはずなのに、途中で何を捜していたのかわからなくなって、部屋の真ん中で立ちすくむ。

そのとき、肩をつかんで軽く揺すられた。

「大丈夫か」

その声にハッとする。

顔を向けると、心配そうな顔をした雅庸が立っていた。うろうろしていた竹内を、ずっと見ていたのかもしれない。

ちゃんとしなければならないと、竹内は体勢を立て直した。

「大丈夫だ。すまないが、タクシーを呼んでくれ。それと、父が運ばれたという病院の名前と、葬儀屋を――」

「葬儀屋？」

言われて、竹内は狼狽した。父は死んだわけではない。なのに、そうなってしまいそうな恐怖で意識が塗りつぶされるのはどうしてなんだろう。

竹内が普通ではない状態にあるのに気づいたのか、雅庸が軽く息を吐いた。

「付き合うよ。すぐに向かおう。うちの車を出す」

竹内はそれはマズいと、首を振った。甘えるつもりはなかった。

「明日から出張だろ？　その準備もあるだろうし、俺は一人で大丈夫だから」

すでに父の件では十分すぎるほど援助してもらっている。

中学生のときから他人に頼ることなく生きてきた。何もかも自分でこなすことに慣れていた。

どうにか印鑑を見つけたが、他に何を準備していいのかわからないまま、とにかく病院に向かおうと部屋を出ようとした竹内の横に雅庸が並んだ。

「大丈夫なんてことがあるか。真っ青だ。それに、どこに行くのかもわかってないんだろ」

玄関ホールまで下りると、執事が待ち構えていた。

「車の準備は？」

雅庸が尋ねると、執事が答える。

「すでにできております」

玄関を出ると、車止めに雅庸の車が停められていた。運転手が後部座席のドアを開く。すでに周囲は真っ暗だったが、そのあたりには十分な照明があった。雅庸と遅滞なくそこから乗りこみ、父が運ばれたという救急病院に向かう。

車に乗っている最中、竹内は固く身体を縮こまらせたまま、一言も喋れずにいた。前回喀血したときに呼び出されたときの殺気だった病室の光景が頭をかすめ、父が死んでしまうことしか考えられない。父がいなくなってしまえば、竹内はこの世にたった一人だ。

離婚した母親もいるはずだが、すでに新たに家庭を持っている母親と会いたいとは思わなかった。不安ばかりが募って、いろんなことを考えた。

親戚《しんせき》もいるにはいるが、竹内とは折り合いが悪い。父が亡くなったら、そこにも連絡しなければならないのだろうか。父のことを、ひどく言っていた相手なのに。

──大丈夫。それはない。オヤジは大丈夫だ……。喀血しても、生き延びるはず。

竹内は必死で自分に言い聞かせた。

車はひどく長く感じられる時間の後で停まった。到着したのは、施設から一番近い総合病院だ。

竹内の前に立った雅庸がてきぱきとスタッフから病室を聞き出してくれて、二人でそこに向かった。

ドアの前には、面会謝絶の札がかかっていた。ドアの隙間から見えた父は呼吸器をつけ、何本もの管で機械につながれていた。雅庸が中から出てきた看護師から話を聞き出し、これから手術だと教えてくれる。

息子だと名乗ると、ドクターが別室に二人を連れて行き、これからの手術内容を説明してから、同意書へのサインを求めてくる。だが、竹内はドアの隙間から見えた父の姿が頭から消えず、話の内容が全く頭に入ってこなかった。

「大丈夫だから」

雅庸に言われてハッとして書類に視線を落としたが、どこにサインをしたらいいのかすらわからなくなっていた。それに気づいたのか、雅庸がサインする場所を教えてくれる。竹内は震える指でサインをした。

準備が整い次第、手術ということになるそうだ。

竹内たちは外で手術が終わるのを待つことになった。

手術室に近い待合室のベンチに座ったが、依然として頭は真っ白なままだ。医師から丁寧に説明されたはずの内容が、全く理解できていない。そう言うと、すぐそばに座った雅庸が、あらためて手術内容を詳しく説明してくれた。飲酒によってできた腫瘍《しゅよう》が破れ、あふれた血液が肺を塞いでいるそうだ。その血を取り除き、腫瘍も切除するというのが今回の手術の内容らしい。

「成功率は、……どれくらいなのかな」

顔を抱えこんだ竹内の指先は氷のように冷たく、小刻みに身体が震えていた。

何度となく父の危篤の連絡を受けたことはあったが、今度ばかりは本当に死ぬんじゃないかという嫌な予感が消えてくれない。これは総師邸でぬくぬくとした生活を送っていた自分への罰なのではないかという考えがつきまとう。いい施設に預けたことで安心して、父親の変化を見過ごしていた。

――あんなに……元気そうだったのに。

いい施設に移った父は、豪華な個室に入り、快適な施設に囲まれ、親切なスタッフにも恵まれて幸せそうに見えた。だが、大して稼いでいないはずの息子が、どうしてこのような金のかかる施設に自分を入れることができたのかと、しきりに気にしていた。詳しいいきさつを説明できなくて適当にごまかしたが、そんなことが父親にとってのストレスとなったのではないだろうか。

後悔に押しつぶされそうだ。

ひたすら自分のことを責めながら、手術が終わるのを待つ。それでも時間が経つにつれて、ずっと付き添ってくれた雅庸にも意識を向けられるようになった。

誰かがいてくれるのは、大変に心強い。自分一人だけだったらおろおろしていただろうし、ふくれあがる一方の不安にもっと苛《さいな》まれていただろう。

だが、雅庸は明日から海外出張だと聞いている。気の張る仕事だろうから、自分の用事にいつまでも付き合わせてはいけない。

竹内は並んで長椅子に座っていた雅庸と向き合うように、少し腰を引いた。

「ありがとう。……すまなかった。もう大丈夫だから」

「オペが終わるまで、ここにいるよ」

雅庸は柔らかな声で告げてくる。

その言葉にこめられた思いやりに涙が滲《にじ》みそうになった。だけど、甘えてはならない。

「いや。何時になるかわからないし。……それに、……もしものことがあったら、もっと時間が……」

最悪の予感に言葉を途切れさせた竹内の肩に、雅庸はそっと手を載せた。力強い声で言ってくれる。

「大丈夫だ。ドクターの話では、それなりのリスクはあるが、患者の負担や危険性が小さい手術方法を選ぶと言っていただろ」

「そう……なのか」

いろいろ丁寧に説明してくれた記憶はあったが、その内容はやはり頭を素通りしていた。

雅庸の言葉とその声の響きに、少しだけホッとする。雅庸は病院から立ち去ることはなく、隣に座る竹内の手をそっと握ってきた。冷たい指先がそれによって温められ、胸の中で乱れていた鼓動が少しずつ落ち着いていく。

小さな子供ではないのだから、こんなふうに手を握られなくてもいい。

そう思っているのに、その温かな手を振り払うことができない。雅庸と触れあった部分から、ぬくもりが全身に広がる。人の体温には、こんなふうに他人を落ち着かせる効果があるのだと身に染みてわかった。

竹内はようやく全身から力が抜けたような思いがして、天井の蛍光灯のあたりを見上げ

た。

　近代的な病院で待合室も廊下も広いが、すでに外来の診療時間は終わっていて、周囲には二人以外の人間はいない。何もせずにいると余計な心配ばかりしてしまいそうで、竹内は口を開く。

「オヤジのこと、昔は嫌ってた。俺のことを殴るし、稼がないし、だらしがなくていい加減で、こんなオヤジじゃなくて、別の父親が欲しいと思ってた。だけど、結局こんなのでも自分のオヤジに違いないんだよな。酔ったときには最悪の人間なんだけど、正気のときには酔ったときのことをひどく恥じて、俺と顔も合わせないの。たまに、見え見えのご機嫌取りとかしてさ。クリスマスに一度だけ、ケーキを買ってきてくれたのが最高の思い出。今日じゃなくて明日になれば半額だと、憎まれ口叩いちゃったけど」

　竹内の目には、じんわりと涙が浮かぶ。

　何もかもに恵まれた雅庸にとって、たった一度きりのケーキがどれだけ嬉しかったのかはわからないことだろう。もしかしたら、自分がずっと父親の面倒を見ているのは、あのケーキのためかもしれない。父親が自分のことを、本当は可愛く思ってくれているのだとずっと思っていたいのだ。

　黙りこむと、雅庸が竹内の手を握ったまま言った。

「うちの両親は、逆にやたらと私に物を与えてきた。誕生日、記念日、どこかに行ったお土産など、それこそ包みを開くのが面倒になるほどに。贈られれば贈られるほど、私はしらけていった。このような高価なものを与えられるより、一緒にいて欲しい。一度でもいいから、授業参観や運動会に来て欲しい。言葉にしてぶつけることはできなかったが、いつでも不満で、寂しくて、どうにかなりそうだった。――だけど、今になって思えば、いろいろものを与えられたのは、父と母が私と一緒にいられない埋め合わせだったんだな。……もっとちゃんと喜べばよかった。一瞥しただけで、箱に入れてた。そこにこめられた両親の思いを、読み取ることなく」

雅庸の告白に、竹内は目頭が熱くなるのを感じた。彼が自分に腹を割っているのが伝わってきた。

立場は違っていても、ガキのころに満たされずにいたことは変わらないらしい。竹内のほうから、つなぐ手に力をこめた。

「互いにガキのころ、物わかりが良すぎたようだな。大人になってから考えれば、もっと暴れたり、わめいたりして、自分の思っていたことを相手にぶつけたほうがよかった。だけど、ガキのくせに妙に悟ったフリをして、どうせ無理だと諦めてたんだ。だけど、寂しかった。大人ぶってても、所詮《しょせん》はガキだったんだから」

つらつら話をしているうちに、オペは終わったようだ。オペ室のほうの通路から、移動用ベッドに寝かされて、呼吸器や管を全身につけた父が運ばれてきた。

竹内は立ち上がって、近づいていく。

病室までついていくと、医師が別室に呼んできた。説明を聞いたところ、手術は無事に終了したそうだ。麻酔から覚めたら、話もできるそうだ。

——よかった……。

竹内は安堵に全身の力が抜ける思いだった。

呆けている竹内の横で、雅庸が今後の入院に必要なものなどを聞き出している。

廊下に出て、また父の病室に向かう途中で、竹内は雅庸を見た。

「……ありがとう。付き添ってくれて」

すでに時刻は、真夜中の三時だ。竹内はこのまま病院で夜明かしをするつもりだから、雅庸とはここで別れたい。

それを告げると、ようやく雅庸はうなずいた。

「だったら私はこれで帰るが、明日になったら執事を寄越す。必要なものは、そのときに持って来させるから、おまえのほうで準備はしなくていい。明日から私は出張だが、携帯はそのまま通じるので、何かあったら連絡しろ。時差とかは気にしなくていいから。それと、ここの院長は知り合いだから、困ったことがあったらいつでも私の名を出して助けを求めてくれ。院長にも連絡を入れておく。相談するのは、事務長でもいい。あと、何かあったらこれを渡せば、たいていの人間はおまえを助けてくれるはずだ」

雅庸は自分の名刺の裏に、竹内元樹は自分の大切な友人なので、何かあったら最大限の便宜を図ってくれ、と書きこんだ。いざというときには効力を発するはずだ。

「……ありがとう」

こんなすごいものをもらってもいいのだろうか。

今日の雅庸は非常に落ち着いていて、力強く感じられた。彼の庇護《ひご》の下にいれば安心だと、竹内でも思ってしまう。

別れる間際、雅庸はそっと竹内の頭を抱えこみ、励ますように軽くそのてっぺんに口づけてきた。そんな愛しさの伝わる仕草に、竹内の張り詰めていた心が緩んで、じわりと涙が浮かびそうになる。

逆境にあればあるほど自分は強くなれるはずなのに、優しくされるのに弱かった。

早く雅庸を帰宅させて、明日の出張のために睡眠時間を取ってもらわなければならない。なのに、竹内が涙ぐんでいるのに気づいてか、雅庸はそっと抱きしめて、肩を撫でてくれる。

「……っ」

そのぬくもりが心に染みた。

甘えたくない。自立していたい。雅庸とはクールな関係を保ち、対等でいたい。

そう思っているというのに、頭や背を撫でる雅庸の感触に心まで溶かされそうだった。

〔四〕

「ふ……っ」

雅庸が入ってくる感触に、竹内はぶるりと身体を震わせた。

四日間の海外出張から帰るなり、雅庸は父の病院の見舞いをしてくれたらしい。電話料金がかかるだろうに、出張中もマメに連絡を入れてくれて、何かと竹内の声を聞きたがった。

竹内の父は順調に回復しており、一ヶ月ほどで退院して元の施設に戻ることができるそうだ。だが、長年のアルコールでだいぶ内臓が痛んでおり、治療とともに、今後も注意深く見守っていきたいということだった。

病院で落ち合って一緒に夕食を取り、その後は当然の流れのように抱かれることになった。問題なのはたった四日間離れていただけだというのに、夢にまで見てしまうほど雅庸の体温や行為が竹内の身体に刻みこまれていたことだ。そんな自分にとまどうばかりだった。

力を抜こうとしているのに、竹内の体内を押し広げてくるものは、覚悟していた以上にすごい。

だが、腿を内側から膝につくほど押し開かれ、さらにぐっと奥まで圧力をかけられているから、ひたすら深くまで受け入れるしかなかった。

「ぁ、……っふ、ぁあ」

ようやく入れたものを勢いよく抜き出されて、ビクンと腰が跳ねる。

手がすがるものを求めて、シーツを握りしめた。

雅庸はさらに上体を倒して、乳首を唇に含んできた。

「っく……！」

そこを吸われただけで、腰からぞくっと快感が抜けていく。抱かれるたびに執拗に弄られるから、竹内の乳首は敏感さを増すばかりだ。

小さく凝った乳首をぐりぐり舌先で押しつぶされていると襞がひくつき、えぐられるたびに痺れるような快感が広がっていく。

そんな浅ましい身体の動きを恥ずかしく感じながらも、乳首を弄る雅庸の指や唇の動きがあまりにも気持ち良くて、あえぐことしかできなかった。

――こいつ、……すぐにいろいろ……覚えて。

あれこれ試したがるし、竹内を気持ち良くしたがる。竹内がどれだけ乱れたかで、自分の満足度や上達度を測っているようなところがあった。

どんなふうにすれば竹内が感じるのか、一番感じるリズムはどのくらいか、雅庸は抱くたびに覚えていくようだ。最初に抱かれたときとは格段の気持ち良さを与えられるからこそ、この行為を余計に拒めなくなっていた。

だけど、雅庸にはいずれ妻が必要となる。

だからこそ、距離を置こうとしているのだ。なのに雅庸はそれに気づくことなく、ひたすらいちゃいちゃしようとしてくるから、拒みきれない。

それに、父の急場に世話になったことで、雅庸のことを好ましく思う気持ちも生まれていた。

——ドキドキする。こいつといると。

離れていた間はとても寂しかった。

身体が餓えたようになっていて、雅庸の愛撫に過敏なほどに反応してしまう。それが、恥ずかしくてならない。

まだ襞が開ききっていないというのに奥のほうが疼き、早くそこまで蹂躙《じゅうりん》して欲しくて、ぶるりと身体が震えた。

「ッン、……もっと、深く……」

上擦った声でそんなふうにねだると、雅庸がひどく煽られたことが体内のペニスが一回り大きくなったことでわかった。小刻みに埋めこむなんて悠長なことはしていられなくなったらしく、竹内の背中に腕を回し、そのまま抱き上げるようにして上体を起こしてくる。

「つぁ、……っく、う……っ！」

ずずっと自分の体重で一気にくわえこまされ、竹内の頭の中で火花が散る。

雅庸の腰の上に座らされていた。雅庸の固くて大きなものが、自分の奥の奥まで貫いている。

「つぁ、バカ…、…ン…こ……んな……っ」

深くまで早く入れて欲しかったが、こんな乱暴なことをしろとは言っていない。

抗議するように涙目で睨みつけると、最近すっかり自信をつけたらしい雅庸が笑いながら顔を寄せてきた。

「すまない。痛かったか？」

「痛くは……ないけど。……びっくりした」

身じろぎをするたびに、灼熱の楔に押し広げられた襞からじわじわと痺れが広がっていく。疼いていた部分が嫌というほど圧迫されて息が詰まり、その熱に灼かれてそこをたっぷり弄って欲しくなったが、このきつさでは自分で動くに動けない。

どうするつもりだと恨めしそうに雅庸を見ると、目をすがめて囁いてきた。

「しばらくは、このままでいてくれないかな。……おまえを本当に抱いているんだと実感できる」

まさか、雅庸も自分を夢で抱いたのだろうか、思わせぶりな言葉の後に、雅庸は竹内の身体を強く抱きすくめてきた。

身体の内側と外側に雅庸を感じながら、愛されているという充足感が生み出される。その広い胸に抱かれているだけで、離れていた寂しさが消えていくから不思議だった。

抱き合うだけでは身体がおさまらなくなってきたころ、雅庸は竹内の腰骨を両手で支えて、円を描くように揺さぶってきた。

「ン、……っぁ、ああ……っ」

動かれるたびに固くて凹凸のある灼熱が、竹内の身体を内側から擦りあげる。剛直が不規則に襞を刺激するたびにびくびくと腰が跳ねた。

こんな大きなものを吞みこまされて辛いはずなのに、ぐりっとえぐられる衝撃をやり過ごすと次の刺激を待ちわびるほど、身体がそれに慣らされつつあった。視線を落とすと、足の間で自分のものが腹につきそうなぐらい勃っているのが恥ずかしい。

「ッツ、……っふ、ふ……っ」

襞から駆け抜ける感覚に没頭しようとすると、雅庸が言った。

「こっちを向いて」

「……でも」

「見ていたい」

その言葉とともに、軽く下から突き上げられた。一瞬腰が浮き、その直後に奥までズン

と衝動が走る。襞全体に広がった痺れるような甘さに息を呑まずにはいられなかったが、その表情を雅庸に余さず見られていると思うと、どんな顔をしていいのかわからなくなる。

「っん」

腰をつかまれたまま、下から突き上げられて揺すられる。ず、ずっとずれる部分に自分の重みが全てかかっているのに気づき、さすがにそれは雅庸の腰に悪いんじゃないかと考えて、竹内は膝立ちになった。

途端に、雅庸の動きがさらに激しくなった。

下から突き上げられたが、まだあまりこういうのに慣れていない竹内はそれに合わせてどう自分から腰を使っていいのかわからない。入れるのとは逆の動きで腰を落とした途端、摩擦が倍になって狼狽した。

慌てて腰を浮かすと、雅庸がクスクス笑って突き上げる。

「逃げるな」

「だっ……って」

「ゆっくりにしたら、合わせられるだろ?」

ねだるように言われて、竹内はぎこちなく動きを合わせてみた。だが、やっぱり入れられるときに腰を落とすと、中の刺激が強すぎて固まってしまう。

それでも突き上げられているうちに、互いに少しずつスムーズに動けるようになってきた。ふと何かに気づいたように、雅庸に言われる。

「足、……ちょっとそうじゃなくて、立ててみろ。そう」

雅庸に足首をつかまれて、今までの膝立ちからベッドに足の裏をつけてまたぐような姿にさせられた。

「っふ、……っん、ん……っ」

そんなふうに足の角度を変えられると、襞がぎゅっと締まって挿入感が強くなる。

突き刺さっては抜けていく楔の動きを嫌というほど受け止めることになり、それに合わせてぎこちなく動く。

だが中を擦られるのは気持ち良くて、動きが止められない。ぞくぞくが高まり、動きが乱れてくると雅庸が言った。

「疲れたか?」

「少し……」

言うと、雅庸は竹内の身体を貫いたまま、腰をつかんで仰向けに戻した。

両足を開かせ、そのふくらはぎを肩に引っかけられて、浅くなったものを入れ直される。

「あぁ、ンっ!」

ぞくんと、身体の芯まで響く快感があった。

固く張り詰めた雅庸の楔が体内に出し入れされるたびに、張り出したエラで襞が強く摩擦され、一瞬息ができなくなるほどの快感が生み出さされた。

「そろそろ、一気にいっていいかな」

がむしゃらに絶頂を目指すのではなく、快感を制御してたっぷり中を嬲ることを覚えた雅庸だが、今日は餓えていたのか一度昇りつめたいらしい。

竹内のほうも下肢がドロドロに溶けていたから否はなく、いきなり荒々しく動かれることで、その力強さが快感に直結した。次から次へと与えられる律動に、竹内の唇からくぐもった甘い声が漏れる。

「あ、ぅ、……っん、ン……」

動きがすごすぎて、竹内はただ揺さぶられているだけだった。突き上げられるたびに足をぐっと身体につけられ、絶頂へと導かれていく。

「っぁああ、……っあ……っ！」

その快感がピークを越えたとき、びくんと身体が跳ね上がり、雅庸のものをきつく締めつけて昇りつめようとした。だが、いきなり雅庸の動きが止まり、狭い襞を楔でこね回すようにしか動いてくれない。さらに乳首にも顔を埋められ、その粒を噛まれて、竹内は濃厚に体内で渦巻く快感に痙攣した。

絶頂ギリギリのところで、ひたすら嬲られる。あと少しで達しそうなのに、それが得られない。

なのに快感を送り続けられ、ピークから下りられなかった。

――すご……すぎる……っ！

じわりと涙が湧いた。快楽漬けになった頭の中には、まともな思考力すら残っていない。

「つぁ、……っふ、……ン、ン……っ！」

開きっぱなしになった唇の端から、唾液があふれた。

竹内の身体がどうにか射精をやり過ごせそうになったとき、また雅庸が激しく動き始めた。一つ一つの動きを認識できないほど突き上げられ、それによってまたピークがやってくる。竹内の内腿が痙攣し始めた。

「っ――！　…ぁあ、あ……っ！」

下腹からマグマのような灼熱がせり上がる。今度の絶頂はいまだかつてないほどに激しく、それに全て塗りつぶされて、頭が真っ白になる。

「ん、ん、……っは！」

射精している最中、さらに深くえぐられてむせび泣くような声が漏れた。

びくン、とさらに残滓を吐き出した腰を抱えこむようにして、雅庸も達する。

「は、……は、……っ」

酸欠になるぐらい鼓動が乱れきっていて、しばらくは呼吸を整えるのも難しかった。

そんな竹内の身体を、雅庸が愛しげに抱きしめてくる。頬をつかまれ、身体中にキスされる。

脱力した雅庸の身体は、けっこう重い。だけど、その重みと圧迫感が竹内は好きだ。抱かれている実感がある。雅庸と出会って初めて、自分の胸が空っぽだったことを知るようだった。

誰かと恋などしたことはない。

雅庸とも、そんなつもりでしているのではない。

——これは、ただの性欲。

ことさら自分に言い聞かせる。そうしないと、辛い恋をしそうで怖い。雅庸相手に本気になってはいけないというのに、その腕の中で何も考えずに甘えてみたくなるのだった。


真夜中にふと目が覚めると、雅庸がシャワーを浴びて戻ってきたところだった。

自分がベッドのど真ん中で大の字で眠っていたことに気づいた竹内は、端に向かって寝返りを打ち、雅庸が入りこめるスペースを作った。

雅庸は思惑通り、空いたスペースに近づいてきて、腰を下ろした。

竹内がいるのは、雅庸の私室だ。

海外帰りの雅庸は、やたらとお土産を買ってきてくれた。お菓子好きなのを知られたのか、百ドル紙幣を象《かたど》ったマカデミアナッツ入りチョコレートに堅揚げポテトチップス、色とりどりのアメリカ菓子。さらに竹内が好きだと言っていたメジャーリーグチームもしっかり覚えていて、そこのTシャツにキャップもくれた。

途中で「もうそんなにいらないから」と遮ったが、もしかしたら他にもいろいろ買ってきていたのかもしれない。

——あんまり、俺を甘やかすなよ。

竹内は心の中でそう思う。甘やかされたことなどないから、そんなふうに接されると余計に惑わされる。雅庸の将来を思って、いつでも身を引く覚悟をつけておこうと思っているのだから、ほどほどにしておいて欲しい。

雅庸はベッドに座って、部屋の飲み物用冷蔵庫に入っていた缶ビールを開栓しているようだ。ぷしゅ、という音が聞こえてきた。

喉を鳴らして飲むのがやたらとおいしそうに聞こえたので、寝たふりをしていた竹内は我慢できずにそれをねだった。

「俺にも」

雅庸の持っているものを一口飲むだけで良かったのだが、雅庸は立ち上がってわざわざ新たな缶ビールを取って来てくれる。竹内は身体を起こして、それを開栓した。喉を鳴らして飲む。

「うま……」

汗をかいたあとのビールは最高だった。まだ気だるさが消えず、これを飲んだら一眠りしようと思っていたときに、雅庸が切り出してきた。

「一週間後なんだが」

何でもないふりを装っているようだが、不思議と緊張が伝わってきた。何を切り出されるのだろうかと、竹内も少し身構える。

「オペラに行かないか？」

その誘いに、竹内は動揺した。どうしてそんなに緊張しているのかわからない。

「何で俺と？」

「何でって、……たまにはそのようなところに行くのもいいだろ？」

そう答えた後に、雅庸は付け足した。

「ほら、あまりおまえとは屋敷の外に一緒に行ったりしていないし」

「行く必要が？」

何気なく言ったとき、ようやく気づいた。

――そうか。これはデートの誘いなのか。

だからこそ、ここまで初々しく緊張が漂っているのだ。

自分と交際をしている気分らしい雅庸のことが可愛くなりながらも、本気にさせてはいけないと思って、最初は断ろうとした。

「オペラ？　退屈だな」

そもそも自分は、それを楽しめるようなセンスのいい人間ではない。

断られそうだと思ったのか、雅庸は慌てて言ってきた。

「休憩時間には、シャンパンと軽食。終了後には、豪華なディナーも待ってる」

竹内はおいしいものが大好きで、おいしい酒も好きだ。だからこそ食べ物で釣ろうとしてくる雅庸の誘いを無碍《むげ》には断れず、思わず笑った。

「だったら、付き合ってもいい。いつ？」

デートの一回ぐらいはかまわないだろう。そう思い直すことにする。

具体的な日程を聞いてから、それなら仕事に支障はないと考えて了承した。

雅庸は何でもないように装いながらも嬉しそうだったが、竹内も自分がいつになく舞い上がっているのを感じていた。

――デートだ。

身体だけの関係ではなく、デートをしたいと思うぐらい雅庸は自分のことを大切に思ってくれていたのだ。

そう思うと、竹内の口元には自然と笑みが浮かんでいた。

浮かれる気持ちを制御しきれない。
本気ではまるのが怖くなるほど。

窓からぽかぽかと日の光が降り注いでいる。広大な敷地を有する総帥邸の豪奢《ごうしゃ》な客室の中に、わざわざ特設してもらったこたつコーナーでノートパソコンに向かいながら、竹内はふと思うことがある。

——俺は、こんな恵まれた環境でのうのうとしていていいんだろうか。

こんなすごいお屋敷で何不自由なくお世話をされ、朝昼晩と栄養のバランスを考えた食事とおやつが準備される。

たまに親の見舞いや仕事の打ち合わせや取材で外出することがあっても、その行き帰りには専用の車と執事と運転手がつく丁寧さだ。顔を合わせた取材相手にビックリされる。

——いつまでこれが続くんだろうな……。後で反動がキツいぞ。

普段はトイレ共同の風呂なしのボロアパートで、光熱費すら節約する日々だ。すきま風に耐え、窓ガラスが割れたら段ボールを張り、粗食にも慣れている。おそらくそこに戻ったら、ガスを止められた部屋の中で、水を入れたカップラーメンを前に置いてできるのを待ちながら、この総帥邸での夢のような暮らしを遠く思い出すことだろう。

——水でもカップラーメンはできる。三分の八倍の二十四分かかるけど。

そろそろ総帥選も近づいてきて、雅庸の身辺は慌ただしくなっているようだ。そんな時期に、思わぬスキャンダルにつながりかねない肉体関係のある男を、無防備に総帥邸に住まわせておいてもいいのだろうか。

そのとき、竹内の携帯が鳴った。

ディスプレイの表示を見ると『リアル・レポート編集部』とある。雅庸の記事を依頼してきた写真週刊誌だ。政界再編や大物のスキャンダルが相次ぎ、このところその取材で忙しかったようだが、そちらが一段落ついて竹内のことを思い出したのだろう。

「はい」

電話に出た途端、いきなり言われた。

『ネタを出せ』

編集長の声だ。おそらく急に紙面が空いたりして、使えるネタを捜しているのだとピンと来た。

「そう言われましても……」

『言い訳は必要ない。次の号に四ページだ。飛鳥沢グループの総帥を取材しろって言ってたよな。肩の凝らない気楽なネタでいいから持ってこい。明日の昼までだ』

それだけ言って電話は切れた。長電話をしている余裕すらないのかもしれない。

竹内は携帯を切って、ふうと大きなため息を漏らした。

——ネタか……。

ここにきて雅庸のいろんな面を知ったが、どんな切り口で記事を書けば編集長は満足してくれるのだろうか。求められたのは、肩の凝らない気楽なネタだ。

——どんなのがいいのかな……。

竹内はペンの尻を頭に当てて、ごりごりと動かす。

雅庸は最初は冷ややかで偉そうで、大グループに君臨する総帥そのものだったが、意外なほど繊細で、ロマンチストだ。クラシックの音楽を聴きながら涙ぐんでいることもよくあるし、先日は庭でわざわざ薔薇《ばら》を切って、竹内の部屋まで届けてくれた。

——それに、ピーマンが嫌いで、茄子《なす》が好き。本当はコーヒーにたっぷり砂糖とミルクを入れるのが好き。他人のいるところでは、ブラックで飲んでるけど。

見られているのに気づかず、たっぷり砂糖を入れた後で竹内に気づいて、挙動不審になった姿が楽しかった。別に甘党でもかまわないと竹内は思うのだが、まだいろいろと見栄《みえ》を張りたいのだろう。

そんな雅庸の心理が、微笑ましくも可愛らしい。

おそらく総帥として周囲から厳しい目を向けられ続け、その期待に応《こた》えようとして息つく暇もない十年間だったはずだ。秘密がネックになって、見合いも全て失敗したと言っていたが、そんな雅庸の素敵なところをみんなに知ってもらいたい。だが、記事にするからには、キャッチーで面白いと思わせる切り口も必要だった。『リアル・レポート』のメイン読者層である三十代から五十代の男性読者が興味を持ち、編集長が満足してくれそうなネタとはどんなものか考える。

なかなか思いつかなかったが、献本として届いた別の雑誌をぱらぱらめくっていたときにふと閃いた。

「あ。……下町の王子様」

雅庸と話をしていると、何かとギャップを感じることがある。

上流階級の御曹司として育てられ、成人してすぐに大人の付き合いの中に投げこまれた雅庸は、庶民の生活をほとんど知らない。

竹内が夜食として食べているカップラーメンやスナック菓子を物珍しそうに味見して感動していたし、モツ煮込みもモツの焼き鳥も発泡酒も知らないそうだ。

そんな雅庸を下町の居酒屋に連れて行ったら、何かと面白い記事になるのではないだろうか。

――いけるかも。

竹内がここに持ちこんだカメラは、プライベートを探られたくない雅庸によって全て没収されていたが、この間、別の雑誌編集者と打ち合わせをしたときに、こっそり小型のC

ＣＣＲカメラを貸してもらっていた。

それなら高性能で操作もしやすそうだから、雅庸に気づかれずに撮影ができるだろう。知らせずに居酒屋に行ったほうが、生の反応が楽しいに違いない。

——そうと決まれば、まずは約束を取りつけるか。

竹内は携帯を引き寄せて、雅庸にメールを打った。

外に飲みに行きたいのだが、よかったら自分の馴染みの居酒屋に行かないか。安くて汚い店だけど、味は保証する。いつも世話になってるから、俺が奢る。いつ空いてる？　というような内容だ。

何かと多忙なはずの雅庸なのに、五分も経たないうちに返事が来た。

『だったら、今日すぐに。社を出るのは、七時半か八時ごろの予定。出たら、すぐ連絡を入れる』

打てば響くような反応は、恋する少年そのものだ。

その文面を竹内はしみじみと眺めてから、ばったりと畳の上に仰向けに倒れた。

——おまえ、誤解するだろ。

こんな態度だと。

彼女のように大切に扱われているような気がする。雅庸の秘密を知る執事以外の唯一の人間であり、初めての相手だから、自分は特別扱いを受けているのだとわかっているはずなのに。

総帥と自分とは、立場が違う。

いずれあの男は秘密を克服して、しかるべき立場の女性と付き合うことになるだろう。竹内とのことはスキャンダルの種になるだけなのだから、とっとと終わらせたほうがいいはずなのだ。

——そういうとこ、あいつはわかってるのかね……？　俺をいずれ、切り捨てなけりゃいけないってことを。

竹内には覚悟がある。

そのときが来れば、自分はすっぱりと身を引く。そうできるつもりだった。

辛い思いをしないように、あまり深入りしないでいようと思っているのに、雅庸からのメールの反応や内容が可愛すぎるから、つい雅庸を愛しく思う気持ちが膨らみ、そんな自分に苦笑した。

〔五〕

そして日曜日に約束していた通り、雅庸と竹内は正装してオペラを観に行くこととなった。

午後二時からの開演だ。

それに合わせて竹内は、執事が準備してくれたダークスーツを着こんだ。観桜会のときには編集部員にスーツを借りたが、それは総帥邸のほうでクリーニングしてくれて返却してある。

執事が選んでくれたポケットチーフとネクタイは、ベビーピンクとオレンジが混じり合った複雑な色合いだった。馬子にも衣装だと思いながらも、鏡に映る自分を竹内はじっと覗きこむ。細面の顔がスーツに映え、少しつり上がった目がキラキラしていて頰がほのかに紅潮しているみたいだった。

――顔が赤いのは、デートだからじゃないから。

自分に言い訳をしながら、時計を見て慌てて大階段を下りていく。すでに玄関ホールでは、正装の雅庸が待ち構えていた。下りていく竹内を見て、大きく目を見張る。

「とてもよく似合う。素晴らしいな。そんな服を持っていたのか?」

賞賛の眼差しを受けて、竹内は照れくささを覚えた。この総帥邸での自分は、クタクタになったスエット姿でいることが多い。竹内にとっては着やすくて集中できる服なのだが、けっこうなボロだ。

「そこまで違う？」

「ああ。どこかの品のある王子様のようだ」

それは言い過ぎだと思いながらも、竹内は雅庸を見つめ返した。

彼のほうは肩幅と上背のある身体に、しっくりとタキシードを着こなしている。端整な顔立ちと相まって、見とれるほどに格好がよかった。

「おまえのが王子様みたい」

みたいというか、雅庸の立場を思えばまんま王子様だと思いながらも、竹内はエスコートのために差し出された腕を取った。さすがに男をエスコートするのは人目のない総帥邸の敷地内だけだろうが、竹内はくすぐったい気分になった。

「この服、本当はおまえのだって。今じゃサイズが合わないそうだけど、良い品だから執事が取っておいたらしい」

雅庸の腕につかまりながら、竹内は玄関ホールから車止めに向かう階段を下りていく。

これからデートだと思うと、何だか嬉しくて昂揚した。

——こいつ、俺にサービスしすぎ。

三日前は竹内が、ネタのために雅庸を下町の居酒屋に誘った。狭くて汚い店だったが、馴染みの客や店の主人や従業員たちが二人を歓迎してくれた。

軽い人見知りがあるし、服装も隙なく高級で、居心地悪そうに店のカウンターに座る雅庸を、主人や客たちは最初こそ物珍しげに観察していた。だが、出された店の名物のモツの味噌《みそ》煮込みを食べた雅庸が、一瞬黙りこんだ後に「おいしい」とにっこりすると、一気に雰囲気がほぐれた。気を良くした主人が、次々と店の名物と言われるものをカウンターに並べ、最後には飲めや歌えの大宴会になった。

――雅庸も、羽目を外して楽しんでた。

演歌など歌いそうもない雅庸が、外したネクタイを頭に巻いて熱唱していた。ぐでんぐでんに酔った雅庸が、迎えに来た車の後部座席に乗りこみ、竹内の膝枕《ひざまくら》で言い残した言葉が残っている。

『今日はありがとう、竹内。おまえの馴染みの店を教えてもらって、嬉しかった』

馴染みの店を教えるということは、それだけ自分に心を許している証拠だというふうに、雅庸は受け取ったのだろう。

――素直で、……可愛いよな。

仕事の面では鬼だそうだが、恋愛では、まるで少年のようなピュアな面を見せる。執事からこっそり聞き出したところによると、やはり上流階級のデートはオペラや歌舞伎や演劇鑑賞や、ヨットやテニスやゴルフだそうだ。本命の彼女を、そのような場に誘うらしい。

『だったら、どうして雅庸は俺をオペラに誘ってくれたんだと思う?』

執事は自分と雅庸のことをどこまで知っているのだろうかというのを探るためにとぼけて尋ねてみると、にこやかに答えられた。

『それだけ、竹内様のことを大切に思っているのでございましょう』

――タヌキだ、タヌキ。執事の心がわからん。

つれづれに考えながら窓の外を見ていると、大きなあくびが出た。昨日は徹夜で、あんまり寝ていない。クラシックの音楽を聴いているとやたらと眠くなるのだが、今回もそうならないか、心配だった。

「オペラって、退屈かな? 俺、昨日寝てないんだけど」

ちゃんと鑑賞していないと怒るだろうと思っていたが、意外な返事が返ってきた。

「まぁ、退屈だったら、寝ていればいい。だが、歌には迫力があるし、感情表現も派手なので、あまり眠れたもんじゃないぞ。日本の歌舞伎《かぶき》のようなもんだ。日本公演のときには、たいてい字幕が端に表示されるだが、いちいちそれを読んでいたら舞台に集中できないから、あらすじを教えておこうか」

「ん? そだな。いちいち読むのも面倒だし」

言うと、雅庸は今日の演目の『ドン・カルロ』のストーリーを大ざっぱに語っていく。

加えて、今回はイタリアの世界的に有名なオペラ座が来日し、出場者やスタッフはもちろん、舞台装置までイタリアから運んだものだという解説もしてくれた。

会場の正面入口に車が停まると、係員が二人のチケットを見て、一般とは別の入口から席に案内してくれる。雅庸が取っていたのは一般の席ではなく、二階の左の個室の桟敷席だった。

ドアをくぐって桟敷席の中に入った途端、思わず竹内は目を見張る。

「すげ……」

豪華な空間だった。広さはあまりないが、王侯貴族が腰かけるような金の装飾のついた背もたれや肘《ひじ》掛《か》けがついた、クッションのいい椅子がその桟敷席の中央に二つ準備されていた。雅庸に言われて竹内は奥のほうの席に座る。こちらのほうが、見晴らしがよくて舞台がよく見えるようだ。

他にも椅子が四つ、壁際に寄せられていたので竹内は雅庸に尋ねてみた。

「他にも来るの？」

「いや。今日は二人きりの貸し切りだ」

ゆったりと桟敷席の中に落ち着く雅庸は、王侯貴族の雰囲気を漂わせている。

雅庸の金持ちっぷりはケタが違うと思いながら、竹内は手すり越しに客席を見下ろした。

何だか気分がいい。特別な空間にいるという気がする。映画館で映写技師と仲良くなって、映写室から何度か見せてもらったことを思い出した。

空席がみるみるうちにいっぱいになり、開演の時間となる。

幕が開き、豪華な舞台が始まった。最初はオペラに気乗りはしなかったが、次第に舞台に惹きこまれていく。生で聞く歌声や音楽には、劇的な迫力があった。

時間の経過を忘れて夢中になっているうちに、ちょうどいいところで幕が下りる。いったん、休憩のようだ。客席に照明が戻り、ざわめきが広がる。

竹内は夢から覚めたように、深いため息をついた。

「面白かったか？」

言われて、竹内は振り返った。雅庸もオペラを楽しんだようだ。

竹内は満面の笑みでうなずいた。

「ああ、すっごく。オペラって、こんなに面白いものだとは知らなかった」

感情をこめて朗々と歌いあげられると、それに合わせて心が震えたり、楽しくなったりする。歌詞もセリフの内容も会場の端に日本語訳が表示されていたから理解できたし、歌に合わせて身体が動きそうだった。続きが楽しみだ。

ボーッとしていた竹内に、雅庸は誘いをかけた。

「休憩の間に、シャンパンでも飲まないか。そういう約束だっただろ」

言われてみれば、喉が渇いていた。シャンパンと聞くとすごく飲みたくなって、竹内は席を立つ。

「あ、うん。喉が乾いた」

桟敷席用の狭い階段を下りてロビーまで下りていくと、そこは大勢の観客でごった返していた。

シャンパンや軽食を販売しているカウンターにも、人が並んでいる。これだけ並んでいたらけっこう時間がかかるな、諦めようかな、と思っていると、雅庸が言い残して竹内のそばから離れた。

「買ってくるから、その辺で待っててくれ」

普段は執事や秘書に横柄に用事を言いつけるだけの飛鳥沢総帥が、自ら行列に並んで飲み物を買うなんて滅多にないことだろう。

だが、雅庸が、自分のために気楽にそんなことをしてくれるということに竹内は感動を覚えた。今日は完全にプライベートらしく、秘書らしき男の姿は雅庸の周囲にはない。

――すげ。俺、総帥に飲み物買ってきてもらっちゃうんだ。

そんな特権に感動を覚えながらも、竹内は行き交う人々の邪魔にならないように壁際に向かった。壁のポスターをつれづれに眺めながら、雅庸が戻ってくるのを待つ。

十分ほど経過したとき、いきなり声をかけられた。

「竹内？」

こんなところに知り合いが来ているのかと不思議に思いながら振り返ると、そこにいたのはタキシード姿の恒明だった。

「ああ、どうも。……どうしてここに？」

一度牛丼を奢られ、観桜会への招待状を送ってもらって以来、話をしていない。雅庸の秘密を突き止め、総帥邸で暮らすことになってしまったからには、恒明と連絡を取るのも微妙だった。

雅庸の人となりを知ってしまってからはなおさら、雅庸の総帥再選を阻止するようなネタを流すつもりはなくなっている。

何度か携帯に恒明らしき番号からの着信があったが、出ることなく無視していたのはその理由からだ。まさか、こんなところでばったり鉢合わせるとは思ってもいなかった。

そつなく笑顔を浮かべた竹内に、恒明は慣れ慣れしく近づいてくる。

「飛鳥沢グループは、オペラや芸術全般に関する基金を運営していて、このような文化事業には継続的な支援を行っているんだ。だからこそ、販売一日で売り切れたこのチケットも手に入る」

「そうなんですか」

そんなに人気の演目だったのか、と竹内は舌を巻く。確かに自分が観た舞台は、めちゃめちゃレベルが高そうだ。

シャンパンのカウンター付近はまだまだ大勢の人でごった返しているようだったが、いつ雅庸が戻ってくるのかわからない今の状況では、この男と長話をするのは禁物だ。だが、恒明は迷惑そうな空気を読むことはない。呑気に話を続けてくる。

「見違えたな。今は総師邸にいるんだってな。どんな魔法を使ったんだ？　あの人嫌いが、家におまえを招き入れるなんて」

総師邸の中には、この恒明に情報を流す者がいるらしい。竹内が総師邸にいることまで知っているとは思わなかった。だとしたら恒明は総師選を前に、雅庸の足を引っ張るネタを捜してしつこく内偵を続けているのだろう。

「何か、そちらのほうでネタは見つかりました？」

水を向けてみると、恒明はニヤニヤ笑った。

「いや、これというものは何もない。——だが、おまえのほうはどうだ？　うまくやってるようじゃないか。今朝はこんな記事も出てたようだが、これでどれだけ金をせしめたんだ？」

その言葉とともに、恒明は小脇に抱えていた雑誌を差し出してくる。表紙を見ただけで、それが『リアル・レポート』最新号だとわかった。

編集長から四ページ分のネタを寄越せとねじこまれて、竹内が渡した雅庸の記事と写真が掲載されているのだろう。その後連絡はなかったが、掲載されたということは合格点だったらしい。

「よく撮れてるだろ？」

竹内は自信たっぷりに笑った。

『星の王子様・下町居酒屋に侵入』と題したその記事は、大衆文化に触れたことのない筋金入りの王子様が下町の居酒屋に連れて行かれ、とまどいながらも店内の人々に馴染んでいくようすを、隠し撮りをした写真とともに披露したものだった。

店にある肉は何故《なぜ》モツばかりなのか、モツのほうが希少価値があるから珍味としての流通を確立したらフォアグラ並の高級食材となると言い出したり、焼き鳥二串百十円という値段の安さに仰天して、仕入れ価格やコストについて詳しく聞き出そうとしたり、大ぶりでとろとろのハツの煮物のおいしさに感動して、『三つ星レストランの、フォアグラ料理にも勝る』と発言していたりなど、なかなかとぼけたいい記事に仕上がっていたと思う。

――雅庸は酔っぱらうと面白いんだよな。

普段は優秀な経営者らしいが、酔うと少しタガが外れる。よほど日常的にストレスにさらされているのか、気持ち良さそうに演歌を熱唱したり、はにかんだように笑う表情がとても良かった。

あんな雅庸の素顔は、株主総会では撮れないだろう。頭にネクタイを巻いて演歌を歌う姿を見たら、『シティセル』の王子様ＣＭしか知らない女性ファンは卒倒するかもしれないが、その一枚は竹内の密かなお気に入りだ。

『リアル・レポート』最新号にもビクともしない竹内に、恒明は慣れ慣れしく顔を寄せてきた。

「雅庸は、だいぶおまえに気を許しているようだな。あいつがこんなふうに酔っぱらった姿など、見たことがないぞ。――で、俺のためのとっておきのネタは入手できたのか？　こんな泥酔写真では弱い。もっと致命的な、あいつがぐうの音も出なくなるような内容のものは」

「総帥選に使うんだっけ？」

竹内はからかうような調子で返す。

あと一週間しかないはずだ。

雅庸や飛鳥沢グループにとって大切な意味を持つ選挙であり、マスコミも注目している。下馬評によると雅庸が再選されるという意見がほとんどであり、対抗馬である恒博はさして支持が伸びていないようだ。

雅庸の記事に気をよくした編集長が、総帥選の裏側についても記事を書けとねじこんでこないか心配だった。そろそろ編集長が、電話をかけてくるかもしれない。

――総帥選な……。あれは結果が出るまで、マスコミ一切お断り、だそうだから。

いくら竹内でも、総帥選前のピリピリした状況の中で取材する気力はない。

「ネタはあるのか?」

恒明の質問に、竹内は気があるそぶりを装った。

「まぁ、ないこともないけど。教えたらおまえ、いくら出す?」

しつこい相手にはハッキリと返事をせず、こんなふうにごまかすのも一つの手だ。キッパリと断らず、ギリギリまでのらりくらりと追及を交わしていたら、途中で相手も空気を読んで諦める。

「ネタ次第だな」

そんな恒明を見やって、竹内はニヤニヤ笑った。

「半端な値段じゃ売れないぜ。三食おやつ付きのねぐらを失うんだから。前に高級車が一台買えるぐらいの金を準備してくれると言ってたが、本当だろうな」

恒明はうなずいた。

「――ああ。まぁ、本当にいいネタがもらえればな」

本気で売るネタがあるんだったら、近いうちに連絡しろ、と念押ししてから、恒明は竹内から離れていく。

竹内はうなずいて、そのまま雅庸の帰りを待った。

だが、その後十分経っても雅庸は戻って来ない。やがて、舞台が五分後に再開するというアナウンスが流れ、ブザーが鳴り、ロビーから人々が引いていっても雅庸の姿がないことに竹内はとまどうばかりだった。

——あれ……？

どういうことなのかわからない。シャンパン売り場には、すでに誰も並んでいない。飲み物を買って自分のところに戻る途中に、知人とばったり顔を合わせて話が弾んでいるのかとも思ってみたが、これは明らかに変だ。

混雑したロビーで竹内を見つけることができずに桟敷席に行ったのだろうかと戻ってみたが、やはりそこは無人のままだ。

——どういうことだ？

すでに客席は暗くなり始めていたので、竹内はしばらくはその桟敷席で雅庸が戻ってくるのを待った。だが、舞台が始まっても雅庸は戻ってこないので、舞台に集中できなくなっていた。

ロビーに戻って携帯を鳴らしてみたが応答はなく、いきなり雅庸が消えたことにモヤモヤが募る。理由がわからないままだ。

突然急な仕事の用事が入ったのだとしても、竹内に一言ぐらい残してくれていいだろうし、携帯にメールを入れる方法もある。

何の連絡もなく姿をくらますなんて、何かあったとしか思えない。

——まさか、さっきの恒明との会話を聞かれたんじゃ……。

だとしたら、最高に間が悪い。

ほんの二、三分しか話してなかったはずだが、総帥邸への侵入やネタのことについて小耳に挟まれたとしたら、何か妙な誤解を受ける可能性があった。

――あいつ、妙に曲解することがあるんだよな。それに、思いこみ強いし。

だが、雅庸が誘拐されたり、倒れて病院に担ぎこまれた可能性もあるかもしれないと考え、とにかくいきなりいなくなったことを伝えておいたほうがいいと思って、竹内は総帥邸にいる執事直通の番号に電話をかけた。

『ああ。竹内様』

応じた執事から狼狽が伝わってきた。

『いきなり雅庸様がこちらにお戻りになられたのですが、どういうことなのでしょうか。何かようすが変なのです。真っ青な顔をして、誰も来るなとおっしゃられて部屋に閉じこもられて。何があったのでしょうか』

執事は数時間前に、連れだってオペラに行く雅庸と竹内を送り出している。そのときの雅庸は、最高に気分がよさそうだった。

――戻ってる、…だと……？

自分に一言もなく、帰宅しているというのだろうか。さんざん心配した直後だけに、竹内はムカッとするのを感じた。だが、真っ青になって誰も来るなと言い張っているなんて、何だか嫌な予感がする。

「体調でも悪そうですか？」

『何せ、部屋に閉じこもったままなのでごようすがわからないのです。帰宅にもタクシーをお使いになられて。主治医を呼ぼうかとご相談したのですが、誰にも会いたくないの一点張りで』

「とにかく、俺も帰ります」

『でしたら、雅庸様の車がそのままですから、それに乗って帰ってきてください』

言われて正面玄関で待っていると、見慣れた車が横付けされた。竹内はその車に乗りこみ、総帥邸まで戻る。

車の中で、いろいろ考える。やはり、恒明との会話を聞かれていたとしか思えなかった。だが、あれくらいのヨタを聞かれたぐらいで疑われるほど自分は信用されていないのか、という気持ちと、デートがめちゃくちゃになった失望と怒りがごちゃごちゃに混じり合って、胸がモヤモヤするばかりだ。

総帥邸で車を降りて玄関に入るなり、ホールにいた執事に出迎えられた。

「ああ。竹内様。お待ちしておりました」

「雅庸は、まだ部屋？」

「ええ。途中で一度、私に雑誌を買いに行くように、内線でお命じになりましたが」

「何の雑誌?」

「週刊『リアル・レポート』最新号、とのことでしたが」

ドキ、と心臓が跳ね上がる。

悪い予想はやはり的中したようだ。

恒明と話していた最中に『リアル・レポート』について触れてきた。あの会話を耳に挟んだ雅庸は、その現物を確認したかったのだろう。

「ちょっと、話をしてきます」

竹内は執事にそう伝えて階段を上がり、深呼吸をしてから二階にある雅庸の私室のドアを叩いた。

好感度の高い記事に仕上げたつもりだったが、そうは思ってもらえなかったのだろうか。

掲載前に相談すると絶対に嫌がられると思ったから、雅庸には何も言わずに記事を仕上げた。

だがこんなふうに曲解されるぐらいなら、面倒がらずに雅庸と事前に話し合っておいたほうが良かったかもしれない。

五十万のグループ社員の上に君臨している総帥は、堅い鎧に自分を包みこみ、他人との接触を極力拒む。

だが、自分の知っている雅庸の繊細で好ましい一面を紹介したかった。

——俺にとっては、ラブレターのようなものだったのに。

話さなかったのは、照れくささもあったからだ。隠し通せるとは思わず、雅庸に直接話さなくても、あの記事については飛鳥沢グループの中で話題になるとわかっていた。だからこそ、秘書や部下、執事など何らかのルートを通じて、雅庸の目に触れるはずだと思った。竹内の記事の中から雅庸に対する好感を感じ取り、喜んでくれるものだと思い上がっていた。

——けど、それがこの始末か……。

ノックに答えはない。代わりに、竹内はドアの前で声を張り上げた。

「雅庸……！　俺だけど、話がある」

それでも反応はなかったので、ノブを握ると鍵がかかっていた。

「雅庸！　ちょっと！」

ここで話をしておかないと、時間が経つにつれて互いの誤解が重なるばかりだ。竹内はノブをがちゃがちゃ言わせてから、拳《こぶし》でドアをガンガン叩いた。

それでも反応がなかったので、膝を使って開かせるまで叩き続けようと騒ぎ立てていると、三分後ぐらいにドアの施錠が開く音がした。

続いてドアが押し開かれる。

「……っ」

そこに立っていた雅庸の顔を見た途端、竹内は思わず息を呑んだ。初めて会ったころのような、突き放したような冷ややかな目で雅庸が自分を見ていたからだ。

全身に冷水を浴びせかけられたような気分になる。

自分と雅庸の間には、もっと確かな絆《きずな》があると信じていた。説明せずとも、通じ合えるような何かが。だが、それは自分の思い上がりであり、絆など一瞬で崩壊するものだと思い知らされる。

すぐに視線をそらされ、竹内は雅庸の後に続いて部屋の中央のソファまで移動した。その態度の全てから、雅庸の怒りが伝わってくるようだった。

竹内にも自分の顔が青ざめ、表情が硬くなっているのが自覚できた。なかなかどちらも口火を切らない。

室内の空気がひどく重たく感じられた。

テーブルの上に『リアル・レポート』最新号が投げ出してあるのを見て、竹内はぎこちなく微笑んだ。

「見た……んだ」

面白い記事だろ？　と続けようとしたが、雅庸の雰囲気に呑まれて言葉は喉で止まる。

「どういうことなんだ、これは」

「どうって……」

最悪の展開に、竹内の胸に痛みが走る。

雅庸は信じられないような暴言まで吐いた。

「これを書くためだけに、私に近づいたのか？」

「何言ってんだよ……！」

竹内は怒鳴る。

だが自分を見据える雅庸の冷たい目に圧倒されて、続けようとした言葉はのどにつまった。

——何で？

胸が引き裂かれたように痛くなる。

こんな誤解をされるほど、自分は雅庸に信頼されていなかったのだろうか。

——喜んで、……くれると思ってた。

だが、それは単なる思いこみで、自分と雅庸との間にはまだまだ埋めることができない溝があることを思い知らされる。一見、世間知らずの雅庸を大衆側から笑いものにしたような記事だ。だが、ちゃんと読んでくれればそれ以上のものが読み取れるはずだ。

「別に、……こんな記事書かれてもいいだろ。全部、本当にあったことじゃないか」

竹内は声が震えないようにしながら、きつい眼差しを雅庸に向ける。

雅庸は自分と汚い店に行き、飲食したことを人々に知られることを恥じているのだろうか。

金がなくて寂しい思いをしたことがある。みんなが行ける場所に自分だけ行けず、汚い服や使い古した鞄や靴を恥じ入るしかないような視線にさらされたことだってある。だけど、それでも自分に与えられたもので精一杯生きてきた。雅庸も金があるなしで人を区別するような人間ではないと思っていた。

だけど、こんなときには雅庸と自分の間にある見えない境界線を感じてしまう。

「そういう問題じゃない。おまえにこんな下心があったのに気づかなかった自分に腹を立ててるんだ」

「……っ」

金のために記事を書いたとしか、雅庸は思えずにいるらしい。

誤解は早めに解いたほうがいい。そのほうが面倒なことにならないと、竹内は経験上理解している。

だが、雅庸の怒りの眼差しにさらされているだけで、心が壊れそうになるくらい痛くなった。どうしてなのかわからなかった。自分は突然、何かの病気にかかったのだろうか。

だが、これは失恋の痛みだと竹内は自然と理解した。

好きだからこそ、その相手に憎まれて悲しい。疑われて苦しい。わかってもらえなくて、これほどまでに憤る。

ずっと本気にならないように、自分をごまかしてきた。なのに、どうしてこんなときにその事実を嫌というほど思い知らされるのだろうか。

その痛みが耐えがたく、今すぐにでもこの場から消え去りたいような思いにさせる。雅庸の怒りや猜疑の眼差しを受け止めるだけで、心がズタズタに張り裂けそうだ。

とにかくこんなにも脆弱《ぜいじゃく》に感じられる心を守るためにも、竹内は一時避難するしかなかった。とにかく、逃げ出すことしか考えられなくなる。

「だったら、出て行く」

竹内は立ち上がった。

「……何だと……?」

食い下がられて、声が震えないように竹内は腹に力をこめた。

「この記事を書くために、おまえに近づいたと思ってるんだろ? だったら、この記事を書いた時点で、俺は目的を達したわけだ。今さら、おまえには何の用もない。だから、ここから出て行く」

頭がまともに働かず、そんなことしか言えない。

雅庸にとって、それは火に油を注がれるような言動のようだった。

「そんなこと、……誰が許すと……」

言われた途端に、不安定だった竹内は切れて怒鳴った。

「おまえが許さなくても、俺が許す……！　何様だと思ってるんだ！　だけど、おまえのあの秘密だけは誰にも言わないから、その心配だけはしなくていい」

言い終えるなり、竹内は踵《きびす》を返してドアに向かった。即座に雅庸が立ち上がって、竹内の前に立ちはだかろうとする。だが、竹内はテーブルの上に置かれていた『リアル・レポート』最新刊をつかんで、雅庸の顔に叩きつけた。

「……喜んで……くれると思ってたのに……！」

それだけ涙声で言い捨て、虚を突かれたような雅庸を避けてドアから出た。

部屋に戻り、パソコンと途中の仕事の資料だけを鞄に詰めて、他のものは元の三つの段ボールに押しこんで部屋を出た。だが、ふと気づいて一箇所だけ寄り道してから、階段を下りていった。

そこにはまだ執事がいて、おろおろしながら二階のようすをうかがっていたようだ。大荷物で階段を下りていくと驚かれた顔をされたので、竹内は執事に言い残した。

「出て行きます。今までお世話になりました」

「え？」

「残りの荷物は、あらためて取りに来ますから」

一週間後は総帥選だ。

それまでは雅庸と冷却期間を置こうと思った。今は二人とも冷静ではいられず、まともに話ができない。雅庸は総帥選のこともあってイライラしているだろうから、それが終わってからのほうが落ち着いて話ができるだろう。

それに自分がそばでうろうろしていないほうがスキャンダルの発覚を阻止できるし、雅庸も総帥選へ意識を集中できるだろう。総帥選で再選されて雅庸が落ち着いたころに、あらためて会いに来て、あの記事を書いた自分の気持ちを説明したい。

――何も、一生離れようっていうわけじゃないし。

何より、自分の気持ちを見つめ直したかった。

雅庸に本気になるつもりはなかった。あの男は公人のようなものだ。近くにいればいるほどのぼせ上がってしまうこの心を一度冷却させ、雅庸と顔を合わせても心が騒がなくなるまで距離を保ちたかった。

「ですが、竹内様。お待ちを……！」

引き止めようとする執事を振り切って、竹内は正面玄関から出てゲートを通って外に出る。

近くの駅まで十分ほどだった。

そこまで歩こうと思いながらも道を渡るために左右を見回すと、総帥邸の壁に沿って伸びていた道路に路駐していた一台の車の窓が、キラリと反射するのが見えた。

——ん？

どこにでもありそうな白の国産車だが、それが逆にあやしい。さっき反射したのは、一眼レフのレンズではないだろうか。

竹内はさり気なくその車に向かって歩いた。

総帥選が一週間後に迫ったこの頃、マスコミも取材を開始しているはずだ。だが、雅庸のガードが異様に固いことは竹内が以前に思い知っている。

知っている記者やカメラマンだったら、ここにいても無駄だから止めておいたほうがいいと忠告するつもりだった。

だが、路駐している車の中を覗きこんだとき、竹内は眉を寄せた。後部座席にふんぞり返っていたのは、タキシード姿の恒明だったからだ。彼は自分と同じオペラ会場にいたはずだが、何でここにいるのだろうか。まだオペラは終わっていないはずだ。

無視してはおけず、竹内は車に近づいて後部座席のドアに手をかけた。だが、ロックされていて開かない。

自分が雅庸のところから出て行くようなことになったのは、雅庸が何も考えずにあんな人の多いロビーで話しかけてきたせいだ。八つ当たりだと思っていても気持ちが収まらず、竹内は足を振り上げて、車のボディを蹴りつけた。

「開けろ！　話がある……！」

そのまま何発も蹴り続けた。

ドアがへこむと修理費を請求されることもあるから、それを回避するために蹴る位置と力は加減しているつもりだった。だが、激しい音とともに車はゆさゆさと揺れた。

さすがにそれには閉口したのか、そっぽを向いて無視していた恒明が、慌てたようにドアを開けてきた。

「何で、あんたがここにいるんだよ」

冷ややかに呼びかけると、恒明はゲートのほうに焦って顔を向けた。

「目立つようなことはするな」

「へ？」

つられてその方向を向くと、ゲートのほうから何人かの警備員が出てきたところだった。

総帥邸のゲートの近くで騒ぎが起きたので、チェックをしに来たようだ。

「げ」

つぶやくと、恒明は言った。

「いいから乗れ。まずは、ここから離脱する」

言われて、竹内はそのまま後部座席に乗りこむことにした。今さら総帥邸に逆戻りするつもりはなかったし、やさぐれた気持ちになっていた。何よりどうして恒明がこんなところで張りこんでいるのか、気になる。

乗りこんでドアを閉めると、車はすぐに走りだした。警備員たちは、追ってはこないようだ。

「ここで、何をしてるんです？」

竹内は鞄を膝の上に乗せ、隣に座る恒明をうろんな目で見た。この大荷物を背負ってうろうろせずにすんだが、アパートに戻っても自分の部屋はそのままキープされているのだろうか。

荷物が全てなくなったのをいいことに、あの因業ジジイが他の者に貸してはいそうな気がする。

「そんな大荷物を持ってどうした？　もしかして、あそこから追いだされたのか？」

「誰かさんが迂闊にも、オペラ会場の混雑したロビーで俺に話しかけてくれたおかげで、その場を雅庸に目撃されて、敵方に通じてたのがバレたんですよ。で、あんたはどうしてあんなところにいたの？」

「オペラが再開したとき、おまえたちが桟敷席にいないのが気になってな。うちの運転手が、雅庸は車も手配せずにオペラの最中に帰ったって言うし、何かあったんじゃないかと、こちらもオペラを放って駆けつけたところだ」

「そこまで焦ってるわけ？」

「あと一週間しかないからな。オヤジからは何が何でもネタをつかんでこいと、矢の催促だ。おまえじゃあてにならないから、他に探偵でも手配するかと思っていたところだ」

――探偵？

探偵の腕次第だろうが、運が味方したら、雅庸の秘密を探り当ててしまうのではないだろうか。何せ偶然とはいえ、竹内でも知ることができた秘密だ。

そちらはさておいたとしても、雅庸と竹内の関係が白日の下にさらされるだけでマズい。このタイミングで総帥邸を出てきたのは、やはり正解だったかもしれない。

「探偵を雇うぐらいだったら、こっちのネタ代に上乗せさせてもらいたいね」

竹内はそう言っていた。

ここで恒明の車に乗ったのも何かの縁だ。今日から住むところもないのだし、金持ちが自宅に客を住まわせておくのをさして負担に思わないことも知った。

どうせなら恒明の家に住み、このぼんくらやその父が雅庸の失脚につながるようなネタをつかむことはないか、総帥選まで監視しておいたほうがいいのかもしれない。

「本当にネタがあるのか？」

恒明が居住まいを正して乗り出した。

竹内は勿体つけた。

「実は、雅庸に関するとっておきのネタがある。もっとギリギリになったら、高値で買ってくれそうなところに売りつけようと、隠し持っていた。今日、追いだされたのも、このまま総師邸にいたらあいつの目が届くところで誰かに売りにくいからだ。あんたとオペラのときに話していたのを立ち聞きされたのをいいことに、ちょっとケンカしてあそこから出るのに成功したところ。ネタはあんたに売ると約束するから、俺を総師選まで匿《かくま》ってくれないか」

調子が良すぎるように思えたのか、恒明が疑うような目を向けてきた。

「ネタの中身が気になるな。どんなネタだ?」

竹内はしたたかに笑ってみせた。

「まだ金の相談もできていないうちから、明かすはずがないだろうが」

「いくらで売るつもりだ?」

興味を示してきた恒明のようすを探りながら、竹内は不敵に微笑んだ。

「まだ売らない」

「何だと?」

「――ギリギリに提供して、価値を釣り上げるのが商売人の常だろ。他のヤツに売られたくなかったら、俺を家まで連れて行け。まだ総師選まで時間がある。ゆっくり金の話をしようじゃないか。俺が信じられないのなら、ここで車から降ろしてくれてもかまわないが」

車は信号で停まる。

すぐそばにＪＲの駅があった。

「どうする？」

竹内はそれを眺めながら、畳みかける。

餌《えさ》に食いつくかどうか、勝負だった。

〔六〕

総師選の朝。

竹内は恒明の父の持ち物であるという赤坂《あかさか》別邸の食堂で、朝ご飯をおいしくいただいていた。

恒明から詳しく聞き出したところによると、総師選は今日、飛鳥沢グループの本拠地である飛鳥沢グレートヒル最上階の会議室で行われるそうだ。

定員五十名の会議室には宮殿もかくやと思わせるような豪華な内装が施されており、壁や天井、床にいたるまで色とりどりの大理石で飾られているそうだ。

今回の総師選の候補は、三名だった。

雅庸に、恒博。そして、雅庸とは遠縁にあたる秀彦《ひでひこ》。

秀彦は、総師の正統はこちらにあるという一派からの立候補者ということだった。飛鳥沢の血統を巡って複雑ないきさつがあるらしいが、正統は雅庸のほうだという意見が今は主流を占めており、秀彦派はさして強い力は持たない。

——今頃、雅庸は総師選を前に緊張しているところだろうな。

総師選は十年に一度しかなく、社運を賭けた勝負になるから、雅庸にはとんでもないプレッシャーがかかっていることだろう。

おそらく雅庸は今回もアレにすがろうとするだろうが、今回ばかりはそうはいかないはずだ。竹内が総帥邸を出る前に、知っていた隠し場所から雅庸の秘蔵のコレクションを残さずかっさらってきている。

――おまえには、成長して欲しいから。

竹内としては、雅庸がそれを愛用していてもちっとも引かないし、特に問題だとは思わない。だが、雅庸自身があれほどまでに恥じているのだとしたら、卒業したほうがいい。秘密を抱えることで人づきあいに臆病になったり、女性と付き合うことさえできないというのなら、克服しなければならないはずだ。

おそらく雅庸はそれがないことに気づいて、慌てているだろう。早めに気づいたなら、今頃は新しいものを執事に買わせて準備しているだろうが、どうして竹内がそれを全部奪っていったのか、その理由までも理解してもらえているだろうか。

――あいつは曲解するからな……。下手したら、自分を総帥選から失脚させるために俺が仕組んだ陰謀とでも考えるかもしれない。

敵認定されるのは悲しい。

だが、竹内はずっと総帥選で雅庸が再選されることを望んでいる。今だって、雅庸の足を引っ張ろうとする恒明を妨害するために、ささやかに手を尽くしているところだ。

——傍目《はため》には、呑気《のんき》に朝食を取っているように見えるだろうけど。

ジューシーなハンバーガーにかぶりつきながら、竹内は「うめ」とつぶやいた。

この別邸に来てからというもの、恒明は顔を合わせれば、早くネタを渡せと請求し続けてきた。それを言葉巧みにかわし、どうにかごまかし続けてきたがそろそろ限界だった。

総帥選前夜の昨日、ようやく秘蔵のネガと称して一本のフィルムを渡したのだ。

デジカメではないから、フィルムは現像する必要がある。現像設備はこの赤坂別邸にはなく、懇意の写真スタジオに朝一番に頼むことになっていた。それを持参していった恒明が、そろそろ戻ることだ。

——あ、帰ってきた……。早かったな。

恒明が帰宅する前にここから抜けだそうと思っていたのだが、懇意になったコックが今朝は特製ハンバーガーだと言うので、それを食べてから逃げ出すことにしたのだ。

車の音までは聞こえなかったが、廊下を勢いよく歩いてくる足音が近づいてくる。

いきなりドアが勢いよく開け放たれ、すごい剣幕の恒明の声が響き渡った。

「このヤロウ！　あの写真は現像できないって言われたが、どういうことだ……！」

テーブルでハンバーガーを食べていた竹内の襟首は伸びてきた恒明の手によってつかみ上げられ、頬にネガの入った封筒を突きつけられた。

「落ち着けよ」

恒明の身体を押し返すと、封筒がテーブルに落ち、中にあったネガがはみ出す。

――ま、そうだろうな。

竹内は乱れた服を整えながら、どう言い訳しようか考えた。

恒明に渡したのは、感光したフィルムだ。もともと現像できないものを、勿体ぶって渡しただけだ。

だが、そんな小細工をしたことを恒明に気づかれてはならない。総帥選当日まで、恒明が妙な動きをしないように牽制しておくことには成功した。後は、どうにかここから逃げ出すだけだ。

竹内は慎重にフィルムを天井のシャンデリアからの光に透かして確認してから、深いため息をついた。

「どういう……ことだ。……ネガが現像できないなんて」

「それはこっちが聞きたい。おまえが渡してきたフィルムだ!」

恒明は納得がいく説明を聞くまでは許さないとばかりに、詰め寄ってくる。この一週間、ひたすらはぐらかされてきた末に渡されたフィルムだけに、腹立ちもひとしおだろう。

しかも、総帥選はあと数時間後に迫っており、さして時間はない。

竹内はハンバーガーの残りを口の中に押しこんでから、深刻な顔をして立ち上がり、自分の部屋に向かった。ついてこいとは言わなかったが、恒明が後ろについてくる。

竹内は鞄をごそごそ漁《あさ》って、新たなフィルムを差し出した。

「昨日渡したので間違いなかったはずなんだけど、もしかしたら総帥邸の出入りのときにダメになったかもしれない。あそこ、荷物をX線に通してチェックするだろ。そのときに感光したのかも。だがこっちのフィルムは、万一のことを考えて専用ケースで保護してあったから、大丈夫なはずだ」

それを恒明は、乱暴に奪い取った。

「これもダメなんてことになったら、承知しないからな」

目が血走り、いつになく髪が乱れていた。普段はぽややんとしたお坊ちゃまだけに、その対比が恐ろしい。これも役に立たないものだとわかったら、さすがにただではすまないはずだ。

竹内は真剣な顔で請け負った。

「俺だってこのフィルムがダメになってたら、せっかくの儲《もう》けがフイになる。昨日、八百万で話をつけたよな。これが本物だと証明されたら、すぐに金を払えよ。この中に、雅庸のとんでもない秘密が収められてるんだから」

「絶対だろうな」

「絶対だ」

請け負うと、恒明はまた大急ぎで写真スタジオに戻っていった。

竹内は部屋の時計を見上げる。

総帥選のことが気になって今日は早起きしたから、まだ午前七時だ。

総帥選の一連の行事が始まるのは、午後一時からだそうだ。

まずは選挙権を持つ一族のメンバーの出欠が確認されてから、総帥候補者それぞれによる二十分間のスピーチがある。その後、三十分間の休憩があり、その後に選挙となる。

午後一時の開始から開票が終了するまで、議場は完全に封鎖されるらしい。その間、総帥選の行方を外部のものが知る手立ては何もない。

票数が同数だった場合とか、棄権が多すぎた場合とか、それぞれのケースに合わせた詳しい規則も定められているようだ。

――まるで教皇選挙《コンクラーヴェ》だ。

竹内は恒明の乗った車が玄関から走っていくのを窓越しに確認してから、自分の荷物を鞄に詰めこみ始めた。

恒明が戻ってくるまでに逃げ出しておかないと、マズいことになる。

フィルムからの現像は最速で三十分ぐらいだと聞いたことがあるから、猶予はあまりなかった。

とにかく、ここでの自分の役目は済んだ。

荷物を鞄に全て押しこんでから、竹内はそれを肩にかけて立ち上がる。

恒明のいないうちに、どうにか理由をつけてこの赤坂別邸から出て行かなければならない。普通の家とは違い、この赤坂別邸は高い塀で覆われ、数名の警備員が出入りをチェックしている。だが、総帥邸ほど厳密なセキュリティは敷かれていない。

そう思って軽く見ていたから、玄関に向かおうとして部屋のドアを開いたとき、そのすぐ前に人が立っていたから驚いた。

——ん？

恒明の側近の男鹿《おが》だ。

この赤坂別邸に住みこんで、ボディガードとお目付役を兼ねた仕事をしているようだ。壁沿いに存在感を消して立っていることが多く、ほとんど会話も交わしたことがなかったが、恒明からの催促を言葉巧みにかわしているときに、冷笑を浮かべている男鹿と目が合って、落ち着かない感じがしたことを思い出した。

それでも最初はさしたる障害とは思わず、男鹿の横をすり抜けて廊下に出ようとした。だが、それを邪魔された上に、ぬっと入られてドアを背で閉じられてしまう。

さすがはボディガードだけあって、隙のない動きだ。

「まだ礼金も受け取ってないのに、どこに出かけるつもりですか」

口調は丁寧だったが、ドアの前から一歩も動かないそぶりが気になった。まるで竹内の企《たくら》みを最初から見抜いていたような気がして緊張が走る。

それでも、竹内はどうにかこの場を切り抜けようとした。

「いや、ちょっと急な仕事が入ったもんで」

「荷物を全部まとめて？」

男鹿は一瞥して、竹内の荷物が片づけられたことを見抜いたらしい。

その目つきは鋭く、恒明を騙《だま》してこの赤坂別邸に入りこんだ竹内がいつ正体を現すのかと嬉々《きき》として待ちわびていたようにも見えた。

こんなところに恒明が戻ってきたら、よりマズい立場に陥る。その前にここから逃げ出さなければならない。

「そこをどいてくれないか。急ぐんだけど」

「うちの主人の帰りぐらい、待っていただいてもいいでしょうか。それとも何か、顔を合わせられない事情でも？」

いきなり男鹿の口調がぞんざいになった。

この男とこれ以上話し合っても無理だと理解した竹内は、強引に彼を押しのけて廊下に出ようとする。だが、プロのボディガードに竹内がかなうはずがなく、ドアを開けることもできないうちに床に突き飛ばされて、荷物が床に転がった。

――クソ……！

睨みつけると、男鹿がせせら笑うように言った。

「すまないが、うちの主人が帰ってくるまで、ここにいろ」

反論を許さない態度だった。

この部屋の出入り口は、男鹿が背にしているドアだけだ。二階だが、天井が高いから窓から飛び降りたら無傷ではいられないだろう。

てこでも動かないようすの男鹿を前に、竹内は舌打ちした。この男を甘く見ていたらしい。こんなことなら昨日のうちに、とっとと逃げ出しておけばよかった。

男鹿と睨み合っているうちに時間は過ぎ、不意に男鹿の携帯が鳴った。その相手と一言二言話した男鹿は、携帯をしまいながら口にする。

「恒明様から、おまえを決して逃がさないようにとの厳命だ」

「……っ」

恒明は現像した写真を目にして、怒り狂っているのだろう。

──あいつが戻ってきたら、半殺しぐらいまでは覚悟しておかないといけないかな。まさか、殺されはしないと思うが。

竹内は観念して、部屋のソファに腰を下ろした。

男鹿がどこかに消えてくれるか、逃げ出すチャンスはないものかと度々ようすをうかがってみたが、何もできないでうちに恒明が戻ってきた。

「こちらです」

男鹿が薄くドアを開いて、階下の恒明を呼ぶ。

恒明は入ってくるなり、怒鳴った。

「どういうことだ、これは……！」

わなわなと震える手に持っていたのは、さきほどと同じカメラ店の封筒だ。つかつかと入ってくると、それで思いきり顔をひっぱたかれる。

「……っ！」

その反動で、中にあった写真が床に撒き散らされた。

渡したネガは、竹内がこの赤坂別邸で撮影したものだった。泥酔した恒明の間抜け顔を、さんざん面白い角度で撮影したものだ。

「どうって、単なる記念さつえ——」

言いかけた竹内は、いきなり横から胸元をつかまれて締め上げられた。恒明はここまで暴力的だったのかと焦ったら、自分を締め上げているのは男鹿だった。

「何を……」

抗議の声を上げた途端、いきなり頰を殴られた。痛みとともに衝撃が広がり、口の中に鉄の味が広がる。

「こいつをどう始末します？」

言いながら男鹿は、手慣れた仕草で竹内の腕をねじ上げる。痛みが走り、竹内はその痛みから逃れるために床に膝をついて前屈《かが》みになるしかなかった。下手に動くと肩が外れそうな痛みが走るから、身動きができない。冷たい汗が流れた。

「離せよ！　帰せ！　警察沙汰にしたくはないだろ！」

どうにか許してもらいたくて、竹内は床から恒明を見上げる。だが、彼は憎々しげな表情を崩さなかった。

「こいつのせいで、ぬか喜びさせられた。昨日、父から電話があったとき、俺に任せろと豪語して請け負ったんだ。なのに、どうしてくれるつもりなのかな」

「こいつを人質にして、雅庸を総帥選の場から引きずりおろしたらいかがです？　ここにまで、総帥邸から探りが入ってます。こいつの所在確認をされました。あたり障りのない情報だけ流してやりましたが、雅庸はこの男に執着しているようですね」

「引きずりおろすなんて、うまくいくか？」

「しないよりはマシでしょう。総帥選が始まったら議場は封鎖されて、出入りは一切許されないと聞いています。でしたら、その封鎖の前に、この男を人質にして、すぐに来なかったら何をするかわからないと脅して呼び出してみたらいかがです？　もしかしたら、飛び出してくるかもしれません。こいつにも、お仕置きしなければなりませんし」

「そんなんで雅庸は来るか？」

「来るしかないようにしてやればいいんですよ。こいつと、あやしい仲かもしれないという話もありますし、それがデマだったとしても、これほど綺麗な女顔なら、一度男を試してみるのも、悪くはないかもしれませんよ」

男鹿の下卑た口調の中に、竹内はゾッとするものを感じ取った。

だが、雅庸が自分に向けてきた熱っぽい表情が頭をかすめた瞬間、それを阻止しようと口走らずにはいられなかった。

「来るはずがない……！」

「ほう？」

その瞬間、男鹿が笑った。

失敗したと、竹内は悟る。下手に口を挟んでしまったことで、雅庸との関係を疑わせることになったかもしれない。

男鹿は暴力的な気配をぷんぷん漂わせながら言った。

「まぁ、ダメもとでしょうが、意外と楽しめるかもしれません。とにかく、こいつにはあなたをたばかったお仕置きをしないといけませんし、そのようすを雅庸に逐一披露してやるのはいかがですか。それで来ないのならば、それまでのこと。万一、駆けつけてくるようなら、新しく総帥になるお父上から、たくさんご褒美がいただけますよ」

不穏な会話に、竹内はゾッと全身を粟立たせた。

自分を人質にしたところで、十年に一度の重要な総帥選を雅庸が棄権するとは思えない。

それでも、不安があった。雅庸が自分に向けてくる気持ちが測りきれない。もしかしたらそれほどまでに思われているのかもしれないという不安が胸をかすめたとき、男鹿が背後から竹内の首を抱えこむようにして圧迫した。

息ができず、竹内は命の危険を感じて暴れようとする。それでも男鹿の腕はびくともしなかった。

「っぐ」

不意に、どこかにストンと落ちるような感覚とともに竹内の意識はブラックアウトした。

目を薄く開いても、しばらくは全てがぼやけていた。

それは目の焦点が合っていないからだとようやく気づいたが、意識しても目が焦点を結ばない。その異変に竹内は焦った。その上ひどく気分が悪い。

ベッドに仰向けに横たえられているようだ。顔は半ば横を向いていて、半分がシーツに埋まっている。懸命に手足を動かそうとしているのに、金縛りに遭ったようにピクリともしない。それがどうしてかわからなくて、焦りばかりが広がった。

うめくような声が遠くから聞こえていたが、それが自分のものだと気づくためにもしばらくかかるほどだった。

そのとき、声が振ってくる。

「気がついたか」

その声とともに、誰かがベッドに乗ってくる気配があった。身体がそのスプリングに合わせて揺れる。

顔が動かせず、どうにか動かせる眼球で竹内はその声の主を探った。

そのとき、顎をつかまれ、顔を覗きこまれる。

「本当に動けないみたいだな。まるでお人形だ」

――恒明……！

総師選前に時間稼ぎをした後で、男鹿に絞められて意識を失ったことを思い出す。だが、それだけでこんなにも動けなくなっているのが理解できない。

口を閉じることもできなくなっているらしく、あふれた涎《よだれ》を指で拭《ぬぐ》われた。感覚だけは通常時よりも鋭くなっているようで、唇をなぞる恒明の指の動きにぞくりと鳥肌が立った。

そんなふうに親密に世話をされるのが我慢ならず、全ての感覚をシャットアウトしたくてならない。

――俺に触れていいのは、雅庸だけだ……。

そんなふうに思う自分がいた。

言葉を発することができない代わりに、触れるなという気持ちを目にこめてきつく睨みつけると、恒明はひどく楽しげに笑った。

「何が起きたのか、まるでわからない顔をしてるな。意識を失ったおまえに、とある薬剤を投与した。筋弛緩《しかん》剤のようなクスリと言えばいいかな。感覚はあっても、身体は動かせない。何をされようが相手の思うがまま。っていうのは、どんな気分だ」

恒明は竹内の身体の状態を確認したいのか、手首をつかんで振った。骨がなくなったみたいに、ぐらぐらと肩まで揺れる。恒明に身体を触れられているのは不愉快この上ないのに、振りほどくことができない自分が口惜《くや》しい。

そんな竹内の前で、恒明は携帯を取り出した。

「そろそろ、ちょうどいい頃合いだ。果たして雅庸は、総帥選をほっぽりだして、おまえを助けに来てくれると思うか？」

くすくす笑いながら、恒明は竹内の服に手を伸ばした。

――やめろ……！

着ていたシャツの前をわざわざ引きちぎるように破かれ、肌が露出する。破らなくても竹内は抵抗できないのに、何でわざわざこのようなことをするのかわからなかった。

びりっと破られる音に身体がすくむ。

さらに下肢に着ていたものを全て脱がされ、竹内は肌で直接感じるベッドカバーの感触

に震える。抵抗しようにも、手足が全く動かないことがより恐怖を掻き立てた。

「こんな感じでいいかな」

恒明は手を止めてから、自分の細工のようすを確認するように携帯を持って立ち上がり、竹内に向けて構えた。破られた服をまといつかせ、半裸になった竹内の姿を撮影しているらしい。こんなものを雅庸に送って、誘《おび》き出すつもりなのだろうか。

カシャッ、とシャッター音がする。何度か角度を変えて撮影され、その後で恒明は誰かに電話をかけているようだった。

──雅庸……？

総帥選前に呼び出すと言っていたことを思い出す。今は何時なのだろうか。人形のように横たえられた竹内には、それらを確認する手立てはない。

「出ないな」

恒明がそう言って、携帯を切った。だが、男鹿が恒明に何かを手渡した。

「総帥選前ですから、余計な雑音はシャットアウトしているのでしょう。ですが、こいつの携帯からかけてみるのも、一つの手だと思いますよ」

「そうするか」

──余計なことを……。

恒明一人だけなら竹内にでも手玉に取れそうだったが、男鹿という悪知恵が働く男が口を挟むと、ろくなことがない。

男鹿が恒明に渡したのは竹内の携帯だったらしく、それには応答があったようだ。恒明の声が聞こえてきた。

「雅庸か。今、メールを送る」

それだけ言って、恒明は一度携帯を切った。それから、竹内の携帯で写真を撮り直し、それをメールで送っているらしい気配がした。

竹内は歯がみしたい思いだった。

――雅庸も雅庸だ。

大切な総帥選前に、竹内の携帯からの呼び出しにだけ応じるなんて、自分たちは何か特別な関係があると伝えているようなものだ。

恒明はメールを送ってから、あらためてまた電話をかけたらしい。

「見たか？」

その声を聞きながら、竹内は携帯の向こうの雅庸に思いを馳《は》せた。

雅庸はどこにいて、どんな顔をしながら自分の写真を見たのだろうか。早とちりなところがあるから、あの写真を見て、竹内は恒明と浮気したと勘違いするかもしれない。

――それでもいい。俺よりも総帥選を優先させろ。恒明の呼び出しになんて、応じるな。

雅庸の足を引っ張りたくない気持ちが強い。

そのとき、恒明の声が聞こえてきた。

「竹内は俺を裏切ったんだ。おまえを失脚させるために、いいネタを渡すと約束したのに、結局それを渡さなかった。これから竹内をお仕置きするんだが、止めさせたかったらすぐに来い。手遅れかもしれないけどな」

その一瞬後、雅庸が電話の向こうで怒鳴る声が聞こえてきた。

『竹内に何をするつもりだ……！』

返事せずに、恒明は電話を切った。

恒明と男鹿はくっくっと笑っている。

今から総帥選だというこのタイミングで、雅庸が来るはずがない。なのに、竹内からは胸騒ぎが消えない。

「どうだろう。雅庸は来るかな？」

「どうでしょう。ですが、あの声は私にも聞こえました。あの剣幕では、本気で駆けつけてくるかもしれませんよ」

「総帥選の議場閉鎖時にいなかったら、失格も同然だな。総帥選前のスピーチは、何より重視される。それをすっぽかしたら、一族から信頼が得られず、落選するはず」

竹内はその会話を聞きながら、以前、雅庸から聞いた話を思い出していた。

前回の総帥選のとき、雅庸はこの総帥選前のスピーチにものすごいプレッシャーを感じていたと言っていた。それをメンズブラで乗り切り、信任を得たのだと。それほどまでにスピーチは重視され、総帥選の行方を左右するものなのだろう。ここに来るということは、そのスピーチができなくなるということだ。

――もし、……雅庸が来たらどうしよう……。

来るはずがない。来て欲しくもない。

命さえ取られなければ、自分は何をされても大丈夫だ。どんなことがあっても、生きてさえいれば取り返しはつく。雅庸にとってこの総帥選は大切なものだとわかっているから、竹内のことなど考えず、総帥選だけに集中して欲しい。

来るはずがないとわかっているのに、心のどこかに雅庸が来るのではないかという不安がつきまとっていた。冷淡に見えるが、その内側に雅庸は少年のような心を隠し持っている。繊細で、温かい心を。そのことを、竹内は知っていた。

――本当は、雅庸も俺のことを好きだと知っていた。

だけど、竹内はそんな雅庸の恋心にブレーキをかけさせようとしていた。雅庸が自分にのめりこむことがないように、時折、冷ややかに接してみせた。

社会的な立場があまりにも違うからだ。

恋愛をして幸せになれるのは、結局似たもの同士だ。この男に夢中になったら、きっと辛い思いをする。大人になる途中で、竹内は幸せになる秘訣《ひけつ》というものを心得るようになっていた。

宇宙飛行士になりたかったが、大学には行けなかった。望遠鏡も買えなかった。だけど、そのことについて後悔していないし、誰も恨んではいない。自分の力で手に入れられるものだけで、十分に楽しくやれる。

雅庸とはケンカ別れしており、その誤解がまだ解けないままだ。だからこそ、雅庸は自分を裏切り者だと思っている。だから、雅庸はきっと来ないだろう。

来て欲しい。来て欲しくない。

相反する思いのどちらに集中するべきかわからないでいた竹内の肩を、恒明がつかんだ。組み敷くように、身体の位置を変えてくる。

「さて。……雅庸が本当に来ればよし。来ないようなら、せいぜいこの身体を楽しませてもらおうか」

最悪の予感に、竹内は焦って恒明を見上げた。

――何でだよ……！

恒明は竹内の表情を覗きこみながら、楽しげに笑った。

「昔から、雅庸は俺の恋のライバルだった。憎らしいことに、俺がいいなと思う女は、いつでも雅庸を好きになる。雅庸に紹介してやると言って、騙して何人か抱いたが、……どうもスッキリしないままだ。だからこそ、あいつのものを奪ってやったら、楽しいだろうな。まさか、おまえみたいな男が趣味とは思わなかったが」

雅庸へのあてつけもあって、竹内を抱こうとしているようだ。

――ふざ…けんな……！

雅庸とは成り行きで身体の関係を結ぶことになったものの、他の男に抱かれると思っただけで鳥肌が立つ。

必死で暴れたいのに、身体が動かない。動かしかたを忘れてしまったようだ。

「……っ！」

不意に顔を寄せられて唇の表面を舐められ、その嫌悪感に死にたくなった。顔を背けることもできず、頬を両手でつかまれてねっとりと舌を這わせられる。それから、恒明の手は竹内の身体を這いまわった。

「どこを、どのように雅庸に可愛がってもらっているんだ？」

何があっても気丈でいようと思っているのに、この状況を脳が拒絶する。潔癖そうな雅庸のことだから、竹内が他の男に穢《けが》されたと知ったら、嫌悪感を持つかもしれない。諦めようと考えていたのに、雅庸に二度とキスしてもらえないと思うとたまらなく胸が痛んだ。

吐息がかかるほどの距離から、恒明が囁いてきた。

「怖いか？　だが、雅庸が今いる飛鳥沢グレートヒルからここまで、三十分はかかる。道が渋滞していたら、もっとだな。今、男鹿たちに門を固めさせている。あいつがすぐに駆けつけたとしても、到着したころには手遅れだ。すっかり穢されたおまえを見て、あいつはどんな顔をするだろうな」

そんなことをしたら、雅庸がどれだけ怒って報復するかなど恒明は全く想像していないのかもしれない。

——雅庸に頼らなくても、俺がおまえに報復してやるよ。

竹内はこの男を訴えてやろうと心に決める。

だが、雅庸が駆けつけてくれたとしても、どのみち間に合うことはないのだとあらためて理解した。これに堪えるしかないのだと心を引き締めたそのとき、いきなり竹内たちのいる赤坂別邸のどこかの窓ガラスが破壊されているような大きな音が続けざまに響き渡った。

ヘリの爆音が竹内のいる建物の周囲を包みこみ、ただならぬ雰囲気が屋敷に広がる。恒明が浮き足立つ中で、何かが窓辺を降下していくような影が、ようやくほんの少しだけ頭を動かせるようになった竹内の目の端に映った。

——え?

今のは何だろうか。

弾かれたようにベッドから下りた恒明が、枕元にあった無線で連絡をしているのが聞こえてきた。

「何があった！　報告しろ！」

『急にヘリが！』

『裏口から何者かが侵入……！』

『応戦します！』

応答は短く、乱闘の物音が無線を通じてや直接耳に聞こえてくる。

階下から人々が叫んだり、何かが壊れる音も聞こえてきた。ヘリの爆音も大きくなるばかりだ。一台どころではなく、何台ものヘリがこの赤坂別邸の上を飛び回っているようだった。

そのとき、竹内のいる部屋のドアが乱暴に開け放たれた。その相手を見て、驚いたように恒明が声を発した。

「きさま！」

竹内の目にも、登場した雅庸の姿が見える。黒のダークスーツ姿の彼は、ここまで走ってきたのか、息を弾ませていた。

恒明がつかみかかろうとするなり、先に大股でベッドのそばにやってきた雅庸は鮮やかな動きで攻撃をかわし、恒明の勢いを利用して背負い投げを食らわした。

「っぐ、は！」

床に叩きつけられた恒明は低いうめきを漏らして、動かなくなる。

そんな恒明から手を離し、雅庸は竹内のいるベッドに早足で近づいてきた。

「大丈夫か?」

まだ現実感が湧かず、竹内はまじまじと愛しい男の顔を眺める。どうしてここに現れたのだろうか。しばらく、ここに来れないはずではなかったのか。

だが、そんな疑問は雅庸と見つめ合ううちに吹き飛んで、何も考えられなくなった。張り詰めたものがフッと緩んだ途端、目にじわりと涙が滲む。どうして大切な総帥選を放り出してここに来たんだという怒りと、それでも来てくれたという嬉しさが一気にこみあげ、ひたすら強く抱きしめて欲しくてたまらなくなった。

「……どうした? 動けないのか?」

竹内のようすが変なのに気づいたのか、雅庸が不安気な顔をして手足をそっと動かしてくる。それから脱力しきっているのに気づいて、強く全身を掻き抱いてきた。

「大丈夫だ。すぐに助ける。……早く、……誰か、医者を……!」

その大声に、近くにいた特殊部隊のような装備をした屈強な男たちが駆けつけてきた。医者がやってくるまでの間、雅庸は息も詰まるほどの強い力で、竹内を誰にも渡さずに抱きしめていた。

その抱擁に包みこまれていると、それだけで胸がいっぱいになる。雅庸がどれだけ自分を心配してくれたのかが嫌というほど伝わってきて、息が詰まった。

――どうして来たんだよ、……このバカ……！

総帥選を放棄して自分のところに来るなんて、信じられないほどバカだ。だけど、そこまでの誠意を見せつけられると、どうしようもなく雅庸への愛しさがふくれあがる。

もしここに駆けつけたことで、雅庸が飛鳥沢グループから追放されるようなことになったら、自分がこの腕で養ってやってもいい。貧乏生活をさせるかもしれないが、それでも幸せにしてみせる。腕が動かないから、自分から雅庸を抱きしめられないのがもどかしかった。隙間もないぐらい、きつく雅庸と抱き合いたい。

「雅庸様。医師が――」

背後から声がかかって、ようやく雅庸は竹内を抱く腕を緩めた。

雅庸が竹内をベッドにそっと横たえると、代わりに医師らしき白衣の男が近づいてくる。彼が診察している間も、雅庸はすぐそばに寄り添って全く離れようとはしなかった。

「どうですか？」

「弛緩剤のようなものを投与されているみたいですね。今、中和剤を準備しますから」

竹内は患者着のようなものを着せかけられ、腕を消毒されて、注射を一本打たれた。それから点滴をするために、外の車に移動させようという相談がなされた。

担架を準備するという医師の言葉を断って、雅庸が竹内の上体を毛布で包みこみ、大事そうに抱き上げて運んでくれる。

階段を下り、玄関まで運ばれていく間、竹内は全ての力を雅庸に預けていた。頬が雅庸の胸元に押しつけられ、鼓動が聞こえてくる。そんなふうにされていると、恒明に味わわされた苦痛も全て消えていくようだ。

だが、人目が気になった。

大勢の人たちの前で、自分が特別な扱いをされていることは一目瞭然《りょうぜん》だ。竹内に対する雅庸の態度は、血縁か恋人に対するもののように親密すぎた。

それでも、余計なことは次第に考えられなくなるほど雅庸は優しく、丁寧で、そのぬくもりが胸の奥まで染みこみ、涙があふれて止まらなくなる。

赤坂別邸の玄関から連れ出され、その前に停車していたワゴン車まで雅庸の手で運ばれた。ワゴン車の中には、救急車のように中央にベッドが据えつけられていた。そのベッドに横たえられたとき、ようやく雅庸は竹内がひどく泣いていることに気づいたようだ。

「痛むか?」

焦ったように医師を呼ぼうとする雅庸に、竹内はどうにか声を押し出した。

「……んで……たんだ……」

何で来たんだ、と言おうとしたのだが、うまく発音できなかった。だからこそ、雅庸には伝わらなかったらしい。

「大丈夫か、竹内。気分やケガは……」

「へい……き……。……から、……やく、…戻れ……！　そうすい…せん……に」

総帥選のことが気になってならない。

自分は大丈夫だ。

だから、一刻でも早く総帥選の場に戻って欲しい。その一心で懸命にもつれる舌を動かしたのに、頬を両手で包みこまれながら告げられた。

「総帥選に戻れって？　だけど、開票が終わるまでの間、議場は完全に閉鎖されるんだ。今さら戻っても、どうせ中には入れない」

そういえば恒明がそんなことを言っていたような気がする。

医師が点滴の準備を整え、肘の内側あたりに針を入れられ、ゆっくりと点滴を落とされた。

これで手当は終わりらしく、ワゴン車はこの後、ゆっくりと総帥邸に向かうらしい。ついてから、あらためて検査をすると告げられた。

ワゴン車の後部のドアが閉まり、付き添い席に腰を下ろした雅庸と二人っきりになると、雅庸はそのチャンスを待ち詫びていたかのように、竹内の顔や頬や瞼《まぶた》に口づけを降らせた。

心から竹内が無事だったことを何かに感謝しているように思えた。

泣くことしかできずにいる竹内の頬を、雅庸は確かめるようにそっと指先でなぞる。竹内の身体に触れるたびに、雅庸の表情は柔らかくなった。

竹内と再会できたことに、途轍《とてつ》もない幸せを感じているようだ。どれだけ愛されているのかが、それによって伝わってくる。

だからこそ竹内は、逆に罪悪感を覚えずにはいられなかった。

「これ……じゃ、……恒明……の、思うつぼ……じゃないか」

雅庸のことを好きになればなるほど、雅庸の足を思いきり引っ張ることになった自分に対するふがいなさを覚えてならない。

だが、雅庸はその言葉をキッパリと否定した。

「いい。——おまえさえ、無事ならば」

ズキン、と胸に衝撃が突き刺さる。

この男は、自分をどこまで惚《ほ》れさせればすむのだろう。

——もうダメだ。……俺、……惚れる。もう抑えられない。

社会的な立場だとか、男同士だとか、そんなことは竹内の恋心を抑える役には立たなくなり、ひたすら雅庸に溺れてしまいそうだ。

ようやく少しだけ痺れが取れてきた手で、竹内は雅庸の手をそっと握り返した。

軽く口づけられ、そこから全身が痺れていく。頭がのぼせ上がって、心臓が壊れそうなぐらい高鳴る。

喉と鼻の奥が痛くて、涙が止まらなくなっていた。

──好き。……すごく。めちゃくちゃ好き。

こんなに誰かを好きになれるなんて知らなかった。

歯止めが利かないほど、雅庸への思いがあふれ出す。

そんな竹内をからかうように、雅庸は唇や頬や瞼にキスを落とした。

唇が触れたところ全てから、心地よい痺れが全身に広がっていく。それがひどく甘く感じられて、もっと受け止めようと目を閉じると、唇が塞がれた。

「……ッ、……は……っ」

ぞくぞくする。

鼻から甘ったるい声が漏れる。この男にキスを教えられた。逆に、雅庸にキスを教えたのも竹内だ。

いっそ雅庸が困惑するほど、好き放題甘えてみようか。

自分がいなければ生きていけないぐらい、夢中になってくれればいい。

そんな願いをこめて目を閉じると、また唇が重なってくる。

もしかしたら、雅庸はとっくにそんな呪文《じゅもん》を竹内にかけていたのかもしれない。

〔七〕

雅庸がすっぽかした総帥選の結果発表は、議場の閉鎖が解けた後に知らせが来るそうだ。それまでに雅庸は総帥邸に戻り、客室に運びこんだ竹内のベッドのそばに寄り添って、ずっと世話をしていてくれた。

二人が乗っていたワゴン車は、飛鳥沢警備のものだった。治療してくれた医師や、救出のために動員された特殊部隊のような人たちも飛鳥沢警備に所属しており、竹内を助けるために雅庸は総帥権限を発動して、そこのSP部隊にスクランブルをかけたそうだ。

飛鳥沢グレートヒルの屋上にあるヘリポートを利用すれば、赤坂別邸までわずか五分の距離らしい。

少しずつ麻痺《まひ》が消えていく竹内の枕元で、雅庸は赤坂別邸の襲撃の後始末についての指揮を取っていたから、救出のときの事情が竹内にもわかってきた。

雅庸は恒明に大変腹を立てていて、ただではおかないという態度だった。

赤坂別邸の窓や外壁や調度品を壊したことについても少しも悪びれておらず、総帥選が終わったら、全面対決するという姿勢を明らかにしていた。そんな雅庸に対して、それは飛鳥沢グループの不祥事ともなるので、警察沙汰だけは勘弁してくれとの嘆願が各部署から届いていた。

「どうする？　あの恒明を許せるか？」

雅庸にあらためて尋ねられて、だいぶ身体が動かせるようになっていた竹内は微笑んだ。

あのときは自分が独力でも恒明を訴えてやろうと思っていたが、雅庸がここまで怒ってくれると、逆に許せるような気がしてくる。嫌なことを全て忘れられるほど、雅庸の愛情を思い知らされていた。

「別に、……どっちでも」

「だが、私が許せない。あの阿呆《あほ》の財産を全部むしり取って、慰謝料としておまえに寄贈させる形にしようか。刑事訴訟になるのはどうしても避けてくれと、うちの者が言ってくるので、まずは民事での準備を」

竹内が関わるとやたらと攻撃的になるらしい雅庸が、携帯を手に弁護士と打ち合わせを始めたとき、執事が伝言を持って来た。

「雅庸様。総帥選の結果について、連絡がございました」

雅庸の全身に緊張が走った。

「恒博叔父か、秀彦かどっちだ？」

総帥選などどうでもいいと言ってはいたが、やはり気になってはいるのだろう。

「直接お会いしてお伝えしたいということで、これから議長がこちらにいらっしゃるそうです。そのご連絡だったのですが」

「直接？　何でわざわざ来る必要があるんだ」

それは異例なことらしく、雅庸はしきりに首をひねった後で、執事に聞いていた。

「結果を候補者に直接知らせなければならないという規則でもあったか？」

「総帥選実施細則第八条二項に、総帥に決まった候補には、総帥選を司《つかさど》る議長が直接、結果を告げるという決まりがございますが、落選した立候補者に知らせるということではないように思われます」

雅庸は少し考えてから、肩をすくめた。

「まぁ、候補者が議場にいないなんてことはまずないから、落選してもわざわざ知らせに来るということか。ご苦労なことだ」

雅庸はため息をつく。その肩が少し落ちていた。強がってはいても、落選したことは衝撃なのだろう。

それから執事と、恒博と秀彦とどちらが決まっただろうとか話しているうちに、玄関に人が訪ねてきたようだ。

「ちょっと行ってくる」

そう言って竹内の頬にキスしてから、雅庸は階下へ消えた。

残された竹内は、ヤキモキしながら部屋で一人待つしかない。

だいぶ手足も自由に動かせるようになっていた。もう普通に動き回れると思うのだが、雅庸が何かと過保護で起こしてくれなかった。試してみると、起き上がって室内を歩きまわることもできた。すでに目眩もふらつきも消えている。

竹内は窓辺に立って、そこから見える広大な総帥邸の敷地を見下ろした。

総帥でなくなった雅庸はここから出なければならなくなるだろう。だが、そうなったら多少の余暇ができるはずだ。十年ひたすら働きづめだった雅庸と、お疲れ様の気持ちでどこかに旅行に行くのもいい。

——旅行費用は俺持ちでもいい。どこ行こうかな？　さして資金はないから、貧乏旅行になるけど。

ぼんやりと金のかからない候補地を考えていると、五分もかからずに雅庸が部屋に戻ってきた。

雅庸の顔からは完全に表情が消えていて、どこか虚脱しているようにも見えた。総帥でなくなったことで、力が抜けたのだろうか。

そんな雅庸を励ます意味で、竹内は柔らかく話しかけてみた。

「お疲れ様。近いうち、疲れを癒す意味で、……一緒にどこか旅行にでも行かないか」

「旅行に？」

雅庸の目に生気が戻る。

ギラリと覗きこまれて、鼓動が跳ね上がる。雅庸はその目で竹内を見据えたまま、不敵な笑みを浮かべた。

「だが、時期は少し考えてもらえるか。総帥再選ということになって、また忙しくなりそうだ」

「ああ。都合はそっちに――」

さり気なく言いかけた竹内は、聞き捨てならないことを聞いたような気がして、ハッと口をつぐんだ。

「総帥再選？　おまえ、大切な選挙とかスピーチとかすっぽかしたんだろ？」

「ああ。だからこそ、てっきり再選は無理だと思っていた。だが、わざわざ議長がやってきて告げたことには、私が続投という結論が出たんだと。十年間の功績を考慮してもらえたらしい」

「……っ」

竹内は息を呑んだ。

おめでとうと伝えたいのだが、ビックリしすぎて言葉が喉につかえる。

「……驚きだな」

「ああ。異例のことのようだ」

「だが、おめで……とう……！」

ようやく祝いの言葉が言えた。

その言葉に、雅庸もようやく実感が湧いたのか、幸せいっぱいの笑みを浮かべた。

「ああ。ありがとう」

自分のことのように、竹内は嬉しくなる。

総帥でなくなってもいいと雅庸は強がっていたが、本心では諦めきれなかったのだと何となくわかっていた。そんな雅庸の足を引っ張らずにすんだのは、心から嬉しい。

近づいて、ぎゅっとその身体を抱きしめた。

「やっぱ、総帥に決まって嬉しいものか？」

「続投させてもらえるのなら、これ以上喜ばしいことはないのは確かだ。まだやりたい仕事も、やり残した仕事もたくさんある」

「だったら、何かお祝いをしないと」

雅庸は、ようやく竹内が普通に起き上がって動いていることに気づいたようだ。

「もう大丈夫なのか？」

「ああ」

「お祝いというのなら、私の一番欲しいものを与えて欲しい。何だかわかるだろ？」

意味ありげに覗きこまれて、鼓動がトクンと鳴り響く。

雅庸のことをたまらなく好きだと意識してからというもの、触れられるたびに全身がざわめく。

抱きしめられるだけでは足りない。キスでも足りず、もっとすごいことをしたい。かけがえのない関係なのだと、確認しあいたい。

「何でもしていい」

上擦った声で答えると、頬をそっとつかまれて唇を奪われた。

軽く唇の表面を触れあわせているだけでも、胸がいっぱいになる。

物理的な感覚だけではなく、雅庸に触れられているだけで心までが満たされた。より刺激を感じ取りたくて、全身の神経が張り詰める。

触れあうだけのキスから、次第に唇が開いて、深くまで舌をからめあうものに変わっていた。

くちゅくちゅと水音が漏れるような濃厚なキスに全身が熱くなり、全ての余裕が失われていくのがわかる。

何より鳴り響く鼓動がやかましくて仕方がない。

「……っ」

正気を取り戻そうと首を振っても、頬まで真っ赤になっているのは隠せないだろう。

「竹内。……可愛い」

甘い囁きが耳元に吹きこまれ、可愛いのはおまえのほうだと心の中で言い返す。ドキドキしすぎて、心臓が壊れないか心配になる。

着せかけられていた患者着の上が開かれて、肌を暴かれる。

それから、雅庸も自分のスーツの上着を脱ぎ、ネクタイを抜いてシャツのボタンを外していった。

もしかしてそのスーツの下にメンズブラを着用しているかもと思った。だが、見えたのは肌の色だ。適度に鍛えられた胸筋と、腹筋が見てとれる。

「……今日は、着てないんだ？」

からかうように言うと、雅庸が誇らしげに言った。

「本当は、どうしてもお守り代わりに必要だと思っていた。アレがなければ、総師選を乗り切れる気がしなかったからな。だが、総師選の朝、アレを準備しようとした執事が、慌てたようすで私に報告に来た。収納しておいたところから、消えていると。その犯人はおまえだろうと、容易く想像がついた」

雅庸の秘密を知るのは従業員の中でも執事だけで、メイドなどが手を触れないところに収納してある。雅庸でも執事でもなかったら、犯人は竹内しかいない。

「うん、俺だけど」

「そう知った直後は、腹を立てた。おまえが私の総師選再選を阻止するために、大切なものを持ち出したのだと思い、そんな妨害に負けるかと発奮した。だが、おまえは私を裏切ってはいなかった。恒明のところにいたのは、何か別の目的があったためで、そのせいで妙なことをさせられそうになっていたほどだ。そうなると、どうしておまえがそれを持ち出したのかわかったような気がした。克服しろというメッセージだろ？」

正しく伝わっていたことに、竹内は感動を覚える。自分が恒明のところにいた件についても、信頼してくれているらしい。くすぐったいような幸福感とともに尋ねた。

「克服できそう？」

雅庸は力強くうなずいた。

「ああ。おまえがいれば。それに、おまえが書いた記事も、何度も読み直した。最初は、自分のプライベートを暴かれたことに腹を立てていた。おまえが自分の馴染みの店に私を誘ってくれたのは、全部この記事を書くためだったのかと思うと、イライラした。――だけど、何度も何度も記事を読み返しているうちに、そこにこめられているおまえの温かな視線に気づいた。不慣れな私をあげつらったり、笑ったりしてるのではなく、包みこむような愛情を」

「……そう、か」

ラブレターとして、あの記事を書いた。

それも伝わっていたのだとわかって嬉しい。

「ブラは、今後はプレイ用だけな」

そう言うと、竹内は照れくささを隠すために、雅庸の胸元に手を忍びこませた。

胸の筋肉を愛しさとともになぞると、雅庸がかすかにすくみ上がるような気配がある。

——あれ……?

乳首で感じる男と、全く感じない男の二種類がいると聞くが、もしかして雅庸は感じるタイプなのだろうか。

それを確かめるために、竹内はそこに唇で触れてみた。

「……っ」

軽くキスしただけで、明らかに雅庸の身体が硬直するのがわかる。固い筋肉の上にある乳首を舌先でなぞるたびに、ぷつっと小さな粒がかすかに尖っていくのがわかった。

狼狽したような雅庸に顔を寄せて、竹内は悪戯《いたずら》っぽく尋ねた。

「感じてる?」

尋ねると、雅庸がうろたえて睫を伏せた。

「そんなことは……」

「そうかな。感じてるように見えるけど。感じてるんだろ?」

言いながら、雅庸にそのことを実感させるように軽く吸い上げる。今度はごまかしようもなく、その肩が揺れた。

「ほら」

「くすぐったいだけだ」

あくまでも否定したいのか、雅庸は検証しようとする竹内の頭を胸元から引き剝がそうとした。

「普段は感じないんだ。自分で弄っても、感じたことなどない。だけど、おまえが触れるときだけは不思議と……」

「感じるんだ？」

自分と一緒だ。そんな雅庸が可愛くて、竹内はそこにある小さな乳首を、ちゅっ、ちゅっと吸い上げた。こんな逞しい男が乳首で感じているなんて可愛すぎて、そこから唇が離せなくなる。それに加えて、雅庸が自分の愛撫を受け止めてくれているのが嬉しかった。

だが、雅庸は主導権を握りたい思いがあるらしく、竹内の手首をつかんで、ベッドに仰向けに倒してきた。

「お返し」

反撃とばかりに、竹内の乳首にいきなり唇が落ちてきた。

「ン……」

ちゅっと吸われて、ざわりと下肢まで甘ったるい痺れが伝わっていく。

含んだまま舌先で転がされていると、雅庸の口の中で乳首が堅く凝っていくのがわかる。

さらに吸ったり舐めたりされていると全身から力が抜け、腰が奥のほうから溶けていくような感覚があった。

——すごく、……気持ち……いい。

雅庸のを弄るのも楽しいけど、それをされるとめちゃめちゃ気持ちがいい。

尖りきった乳首に軽く歯を立てられながら反対側の乳首を指でつまんだり、転がされたりされると下肢が熱くなって、気がつけば膝で雅庸の身体を挟みこんでいた。

「っは、ン……」

吐き出す息も、だんだんと熱くなる。

集中的に嬲られる乳首のあたりが、神経の固まりのようになっていた。

小さな粒を吸われるたびに、そこから電気が広がるような感覚とともに、びくびくと身体が震えた。

「やっぱり、おまえのほうが感じてるじゃないか」

ホッとしたような言葉とともに性器を服の上からなぞられ、竹内は喉をのけぞらせた。

下肢を包む服をはだけられて性器を外気にさらされ、指先で先端の割れ目をなぞられた。そこから蜜があふれ出す。

雅庸の指がすべりを増し、濃厚になる一方の快感に息を呑んでいたとき、雅庸が竹内の上で身体を下にずらしていくのがわかった。固く熱くなった性器に吐息がかかったような気がした次の瞬間、竹内の性器はその口の中に呑みこまれていた。

「ひ、……っぁ、あ……っ！」

柔らかくぬめる粘膜に先端部をぱっくりと包みこまれただけで、腰が溶け落ちそうになる。さらにその状態で、唇が上下するのだからたまらない。

「っぁ、……ッン、ン……っ」

たちまち余裕がないほど押しあげられ、射精をこらえるために全身にガチガチに力がこもった。雅庸の口にそんなところを含まれているのだと思っただけで、理性が飛びそうだ。

「ッン、はぁ、……はっは……っ」

舐めながら雅庸の指先が、足の奥まで伸びていくのがわかった。

そのあたりまで伝い落ちていた唾液と先走りの液を塗りこめるように後孔の縁をなぞられ、すでに触れられる前から疼いていたところがひくりと震えた。孔を塞ぐように指が押しつけられると、そこがゆっくりと指を呑みこんでいく。性器を嬲られながら焦れったいほどゆっくりと入りこんでくる指を、竹内は嫌というほど感じていた。

どこまで入っているのか確かめるために、何度も息を呑んで締めつけてしまう。指に押し返されるたびに、痺れがそこから広がった。

「すごく、中が熱い」

そんな言葉とともに雅庸の指が抜け落ちていったが、すぐに同じ位置まで押し戻された。

「ンッ……っは……っ」

性器を嬲るのに合わせて中を掻き混ぜられていると、どんどん下肢全体が熱く痺れていくような快感が募った。

先端からあふれ出す蜜を舌先で性器に塗りこめられながら体内の指を増やされ、関節を突き立てるように中をえぐられて、ビクンと腰が跳ね上がった。

襞全体を指でぐちゃぐちゃと掻き回されていく。早くそこに入れたいのか、少し動きが性急だったが、それは竹内の気持ちとも噛み合っていた。

早くつながりたくて、気持ちだけが逸る。

感じるところを嬲られるたびに腰が跳ね、襞がひくひくと指を締めつけた。自然と膝が立つ。やたらと感じさせられているから、早く入れてくれないと一人で達しそうだ。

「っそこ、……だ……っは、ぁ、……っん、ン……っ」

早く雅庸も気持ち良くしてあげたい。一緒に快感を分かち合いたい。

だからこそ、もう入れていいと訴えようとしているのに、指だけでも気持ち良くて、もはやまともに言葉が綴れなかった。

そんな竹内の顔を覗きこみながら、雅庸が告げた。

「イケよ」

低く囁かれ、中の指に絶妙な力加減で感じるところをえぐられ、腰からせり上がる快感の固まりに竹内は逆らいきれずに呑みこまれた。痙攣するたびに指が襞に突き刺さり、その余韻がなかなか消えない。

指を抜き出されてもなお、そこが物欲しげにひくついて、熱かった。

それを恥ずかしいと思う余裕もなく、大きく足をつかんで膝が浮いたまま固定される。

「おまえのいい顔を見て、……もう我慢できなくなった。いいか」

「い…い」

答えると、入口に雅庸の熱が押し当てられる。その昂ぶり全体で括約筋を押し開かれ、誘いこむようにそこが蠢いた。それにタイミングを合わせて、一気に突き上げられた。

「っぁ、…ふ、……っぁあぁ……っ！」

大きな硬いものが入ってくる。久しぶりの挿入は辛かった。だが、もっと奥へと押しこもうとする雅庸のものと、それを阻もうとする竹内のものが擦れあうたびに、じわりと襞の奥まで重い痺れが広がっていく。快感に耐えて力を抜くたびに、ぬぷぬぷと雅庸のものを奥まで呑みこまされた。

「っぁ、……っふ、……ッンん」

すでに拒むことは不可能なほど限界まで入りこまれ、身体の奥の奥まで貫かれている充足感に、竹内はうめいた。

呼吸をするたびにその大きさを思い知らされて、すすり泣くような声が漏れた。腰がジンと痺れたようになっている。

「今日はすごく、……熱くて柔らかい」

うわごとのように雅庸が囁く。その直後にひくっと絞りあげるように締めつけが走り、雅庸は竹内の腿を抱え直して、ゆっくりと動き始めた。

「っふ、ん、ん、ん、ん……」

えぐられるたびに襞から甘ったるいざわめきが広がり、雅庸の性器にからみつく。吸いつくような中の感覚をもっと味わいたいのか、円を描くように腰を回され、そのたびに襞がねじれる感覚も竹内にとっては刺激となっていた。

感じる部分をたっぷり刺激されていると、また達しそうになる。

「っも、……イク……から……っ」

ガクガクと内腿が震え、身体に力がこもる。まだ達したくない。雅庸とタイミングを合わせたい。その思いで息を詰め、足の先まで力をこめて耐えようとしているのに、雅庸は動きを緩めるどころか、逆にどんどん早めていく。力強く突き上げられるたびに、ズン、ズンと奥まで衝撃が走った。

「っぁ！」

そのあげくに強烈に感じるところをえぐられて、頭が真っ白になった。腹筋に力がこもって、全身がのけぞる。

だが、雅庸は射精している最中の竹内をなおも逞しい肉棒で貫き続ける。

「っひ、……っぁ、……っんんっ、……ッン、……っぁ」

新たな刺激が途絶えることなく送りこまれ、竹内は収まらない絶頂に身もだえた。もうこれ以上は無理だというのに、大きな熱いものが体内をえぐりあげていくたびに性器の先からびゅくっと白濁があふれ、終わらない快楽の波に呑みこまれていく。

――気持ち……い……っ。

吐き出すたびに、目の前で火花が散る。唇の端から、どろっと唾液があふれた。

もう無理だとわかっているのに、ぐちゃぐちゃになった身体の奥に大きな硬いものが突き立てられるたびに、痙攣が広がる。さらに乳首をつまみあげられ、動かれるのに合わせてそこがねじれた。あらゆるところから送りこまれる快感に、どうにかなりそうだ。

「っぁ、……っん、ふ、……っぁ、あ……っ」

止めて欲しい。

だけど、このままずっと続けて欲しい。

いつしか射精は終わっていたが、自分の身体と雅庸の身体の境目がなくなるような感覚が竹内を襲い、ひたすら奇妙な昂ぶりの中で揺さぶられていた。

「っん。……好き……まさ……つぐ……」

うわごとのようにつぶやく。それが耳に届いたのか、たまらないほど甘い声で答えられた。

「私も、……愛してる」

その声がとろりと耳から入りこみ、身体の奥底に刻みこまれる。

愛しげに唇にキスを落とされ、ぞくりと身体の芯まで響くような快感にヒクリと雅庸を締めつけた。

「っぁ、あ、あ……」

どろどろになったそこを執拗に掻き混ぜられ、身体が溶けてしまいそうに昂ぶっていく。

全身が快感を訴えていた。

「っはァぁ、……ッ、あ、……また、……イク……っ」

いくらしても足りないとばかりに求められ、その熱に竹内も巻きこまれる。こんなに誰かのことが好きになって欲望が抑えられなくなるなんて、初めてだった。

ひたすら相手を求め合う。

胸が切なくなるほどのこんな愛しい思いを、大切に育てていきたい。

この可愛らしくも、情熱的な総師と。

キスとともに、竹内はその思いを伝え合った。

あとがき

このたびは『飛鳥沢総帥のタブー』を手に取っていただいて、本当にありがとうございます。あとがきから読んでいる人がいるかもしれませんので、今回はネタバレしませんが、BLでは滅多にないタイプの攻になったかも。これは読者様的にOKなのかしら、萌えていただけるのかしら、と心配になりつつも、私は大変ウキウキでした。ありがとうありがとう！　と全方向に感謝を。

どこからどう見ても格好いい攻が、実は——というパターンが私は好きで好きで好きで、攻がその秘密のために心を閉ざして、誰とも深く付き合えなくなっているというのなんて最高です。他人から見たら大した秘密じゃないのに、本人だけはこれが知られたら死ぬ、っていうぐらい思い詰めているといいよ……！　それをひょんなことで受が知ってしまって、受だけが攻の心の安らぎになっていくのですね……。

という話です（え？　違う？）

何より、このプロットについて担当さんと話をしていたときに、『イラストが明神《みようじん》さん』というのがすっごい力になりました。明神さんの描く、すごく素敵で隙なく格好いい攻が、実は（秘密）なんだ、と思っただけで、萌えたぎる……！　攻がビジュアル的に素敵であればあるほど、その傷に萌えます。イラスト三枚目の背中丸めた攻なんて、もう愛しくてたまりません……！　ハァハァ。

ということで、ネタバレしないためにはあまり語ってはいけないのですが（すでにいろいろ漏れてますか？）、そんな攻にみんなも萌えていただけると嬉しいかぎりです。受に感情移入していただけて、攻のことが放っておけなくなったり、ほろりとしてもらったり、最後にはそんな攻のことが「素敵」って思ってもらえるといいなぁ。

そんな攻を生み出す大きな力となってくださった明神翼《つばさ》さま。本当にありがとうございました。攻も素敵だし、受もカッコ良くてうきうきです。表紙も細かいところにまでこだわっていただけて、見つけたときには幸せな気持ちに……。本当にありがとうございます。

そしてそして、プロットのときからいっぱい相談に乗っていただいた担当S様。おかげで、いろいろ頑張ることができました。こうしたほうがより萌えでは、とか、いい感じのご指導をありがとうございました。また次も、楽しいものにチャレンジできたら嬉しいです。

何より読んでくださった方々に、心からの感謝を。ど、どんなだったでしょうか。ご意見ご感想など、お気軽にお寄せください。

バーバラ片桐《かたぎり》

飛鳥沢総帥《あすかざわそうすい》のタブー

プラチナ文庫をお買いあげいただき、ありがとうございます。
この作品を読んでのご意見・ご感想をお待ちしております。

★ファンレターの宛先★

〒102-0072　東京都千代田区飯田橋3-3-1
プランタン出版　プラチナ文庫編集部気付
バーバラ片桐先生係 / 明神 翼先生係

各作品のご感想をWEBサイトにて募集しております。
プランタン出版WEBサイト http://www.printemps.jp

著者――**バーバラ片桐**(ばーばら かたぎり)
挿絵――**明神 翼**(みょうじん つばさ)
発行――**プランタン出版**
発売――**フランス書院**
〒102-0072　東京都千代田区飯田橋3-3-1
電話(営業)03-5226-5744
　　(編集)03-5226-5742
印刷――誠宏印刷
製本――小泉製本

ISBN978-4-8296-2495-1 C0193